OS MENINOS DA RUA PAULO

FERENC MOLNÁR

OS MENINOS DA RUA PAULO

TRADUÇÃO DO HÚNGARO, PREFÁCIO E NOTAS
Paulo Rónai

REVISÃO DA TRADUÇÃO
Aurélio Buarque de Holanda

Ilustrações da edição original húngara

16ª reimpressão

COMPANHIA DAS LETRAS

Grafia atualizada segundo o Acordo Ortográfico da Língua Portuguesa de 1990, que entrou em vigor no Brasil em 2009.

A Companhia das Letras agradece a Charles Cosac e Michael Naify.

Título original
A Pál utcai fiúk

Capa
Alceu Chiesorin Nunes sobre ilustrações de DR/ Žica Mitrović

Tradução do texto de capa
Mirta Schwarcz e Rita Spring Tarasanichi

Ilustrações de miolo
DR/ Artista desconhecido

Revisão
Jane Pessoa
Valquíria Della Pozza
Angela das Neves

Dados Internacionais de Catalogação na Publicação (CIP)
(Câmara Brasileira do Livro, SP, Brasil)

Molnár, Ferenc, 1878-1952
Os meninos da rua Paulo / Ferenc Molnár ; tradução Paulo Rónai; revisão da tradução Aurélio Buarque de Holanda. — 1ª ed. — São Paulo : Companhia das Letras, 2017.

Título original: A Pál utcai fiúk.
ISBN 978-85-359-2846-4

1. Literatura infantojuvenil 2. Literatura infantojuvenil húngara I. Holanda, Aurélio Buarque de 1900-1978. III. Título.

16-08717 CDD-028.5

Índices para catálogo sistemático:
1. Literatura infantojuvenil 028.5
2. Literatura juvenil 028.5

EDITORA SCHWARCZ S.A.
Rua Bandeira Paulista, 702, cj. 32
04532-002 — São Paulo — SP
Telefone: (11) 3707-3500
www.companhiadasletras.com.br
www.blogdacompanhia.com.br
facebook.com/companhiadasletras
instagram.com/companhiadasletras
twitter.com/cialetras

SUMÁRIO

PREFÁCIO

Paulo Rónai

Em toda a literatura mundial contam-se nos dedos os clássicos da juventude. Na maioria dos casos, são obras escritas para adultos, que, com o tempo, geralmente graças a uma adaptação, se transformam em leituras para adolescentes. *Dom Quixote*, *As viagens de Gulliver*, *Robinson Crusoé*, *David Copperfield*, *Os miseráveis* são outros tantos exemplos de semelhante transmutação.

Ainda mais raro o caso contrário: livros destinados originariamente a um público de jovens e que passaram a interessar pessoas de todas as idades. Um deles é, sem dúvida, *Os meninos da rua Paulo*, do húngaro Ferenc Molnár.

Muito mais que o português, o idioma húngaro merecia, até há pouco, a qualificação de "túmulo do pensamento". Sem parentesco nem semelhança com qualquer das grandes línguas de cultura, essa língua confinava os escritores que dela se serviam ao auditório restrito de seus conterrâneos.

(Digo há pouco, porque ultimamente esse estado de coisas tem mudado. Não que o aprendizado do húngaro se tivesse tornado mais fácil. Ocorreram, porém, dois fatos novos. O primeiro: a difusão por todos os cantos do globo de numerosa emigração húngara, por efeito das catástrofes da história recente. Os letrados que dela faziam parte, mal se apoderaram da língua de sua nova pátria, tratavam de transpor para ela a herança cultural do seu país de origem. O segundo:

as autoridades culturais da Hungria convenceram-se da utilidade de multiplicar esforços no sentido de divulgar no estrangeiro a grande literatura daquele pequeno país.)

Até 1945, para um livro húngaro transpor as barreiras do idioma tinha de trazer uma mensagem de excepcional importância. Pois já nessa data havia versões de *Os meninos da rua Paulo* em inúmeros países. Tenho tido em mão traduções para o francês, o alemão, o espanhol, o italiano e o esperanto; sei que depois surgiram outras, para o inglês, o russo e mais alguns idiomas.

Como é que um livrinho especialmente escrito para os adolescentes de Budapeste se metamorfoseia numa obra-prima clássica, lida com encanto por pessoas de todas as idades, de todos os países?

No ponto de partida, em 1889, num dos arrabaldes de Budapeste, houve um grupo de garotos, alunos do mesmo colégio, que costumavam reunir-se, depois das aulas, num terreno baldio, para jogar pela, brincar de clube, fingir de exército, arremedar eleições, sentirem-se importantes, viver num mundo que fosse só deles. Noutro ponto próximo da cidade, uma ilhota do Jardim Botânico, outro magote de meninos formava outro império de faz de conta. Apenas, estes não tinham espaço para jogar pela. Daí ocorrer-lhes a ideia óbvia de ocuparem o *grund* da rua Paulo, tomando-o ao primeiro grupo; este, porém, estava resolvido a defender aquele pedacinho de terra. Já se vê que o conflito dos dois grupos daria o assunto do romance.

Evidentemente o *grund* era, para aqueles meninos, muito mais que uns poucos metros quadrados disponíveis: era o cenário daquilo que lhes parecia a parte essencial de suas vidas; num mundo de edifícios feios, apartamentos apertados, quartos sem ar, janelas sem paisagem — um reino para a aventura, a evasão, a liberdade.

Contada por um escritor que a acompanhasse de fora, aquela epopeia juvenil não comoveria tanto. Mas foi relatada por um de seus participantes, ainda bastante perto da mocidade para levá-la a sério, já bastante longe para dela sentir saudades. Autor de alguns romances e coletâneas de contos favoravelmente acolhidos pela crítica, Ferenc Molnár, então com 28 anos, sabia captar as características de uma época de transição. A industrialização incipiente começara a mudar os costumes patriarcais da Hungria; a pachorrenta capital transformava-se em metrópole irrequieta e nervosa. No seu romance *Zezé* e nas crônicas do volume *Crianças*, o escritor apontara os efeitos dessa mudança nas crianças da cidade, dotadas de precocidade excessiva, viciadas pelo artificialismo do ambiente, expostas à influência corrosiva do contato perpétuo com os problemas dos adultos, da inevitável promiscuidade urbana.

Como não haveria de lembrar-se da própria infância decorrida naquela mesma cidade, mas numa atmosfera completamente diversa? Do entusiasmo fácil, da espontaneidade autêntica, do idealismo ingênuo de seus companheiros de então, crescidos numa cidade ainda sem luz elétrica, sem telefone, sem automóveis, sonolenta e cordial com seus bondinhos de burro, suas ruas onde se passeava, suas praças onde se batia papo e — os seus *grunds*?

Não cabe resumir aqui os episódios da história, divertidos ou patéticos, nem a descrição da batalha final, palpitante e dramática; nem retratar as personagens, o grave Boka, o temível Chico Áts, o ambíguo Geréb, o franzino Nemecsek, único soldado raso, que se revela nos últimos capítulos. Deixemos o leitor descobri-los um por um, conhecê-los de perto, familiarizar-se com eles para nunca mais esquecê-los. Pois *Os meninos da rua Paulo* é dessas leituras que nos acompanham pela vida afora, livro de aventuras que vale por um estudo de psicologia, livro de memórias em que não se percebe a presença do autor, livro de guerra que nos reconcilia com a humanidade.

Em sua carreira ulterior, Molnár conheceria grandes triunfos. Deslumbraria o público de dois continentes com *O diabo*, *O lobo*, *O cisne*, comédias admiravelmente arquitetadas, de dialogação cintilante de espírito, de simbolismo transparente, de leve e divertida crítica social. Em algumas peças onde toma por assunto o próprio teatro, com o choque entre a vida vivida e a sua imagem representada — *Farsa no castelo*, *Prelúdio a Rei Lear*, *Marechal* —, se mostraria predecessor de um Pirandello. Mas não voltará a encontrar pureza igual de tom, dosagem tão perfeita de ironia e emoção, a não ser na poética "lenda de arrabalde" *Liliom*, representada no mundo inteiro, várias vezes retomada pelo cinema (a última sob o título de *Carrossel*).

Que o escritor que apresentou ao mundo visão tão luminosa da sua cidade tivesse morrido longe dela, no exílio, é uma das terríveis ironias da nossa época. De origem judaica, Molnár não aguardou que os nazistas o levassem para um campo de concentração ou uma câmara de gás; antes mesmo da nazificação completa da Hungria, mudou-se para os Estados Unidos, de onde nunca mais voltaria à Europa. Passou os últimos anos da vida entregue à composição de suas memórias.

Nesse ínterim devem ter morrido os modelos das personagens do livro, os companheiros de brincadeira do jovem Ferenc Molnár: a história turva da primeira metade do século XX multiplicou ocasiões para isso. O que não morre é a epopeia mágica da sua mocidade, em que milhões de leitores identificaram a própria juventude.

Nada melhor demonstra o poder que o livro exerce sobre as imaginações do que um incidente há pouco verificado na Hungria. Apresentou-se aos jornais um indivíduo que reivindicava para si a glória de ter servido de modelo à personagem, já lendária, de Nemecsek. Aos que lhe objetavam que este morrera no fim do romance, respondia que os escritores se inspiram na vida real, mas não a copiam. O espertalhão chegou a falsificar o carimbo da Sociedade do Betume! Não era apenas sede de glória: como o pseudo-Nemecsek previra, começava a ser convidado a fazer conferências e a contar reminiscências, a ser mimado, a ganhar presentes, o mais notável dos quais foi um apartamento estatal. Ia realizar uma turnê no estrangeiro, quando foi oficialmente desmascarado, para satisfação geral, pois não lhe perdoaram haver tentado alterar um mito.

Não me parece que o nosso romance precise de comentário ou de interpretação. A diferença de hábitos e instituições entre a Hungria de 1889 e o Brasil de 1973 salta aos olhos. Quando muito, lembrarei a rigidez bem maior do sistema escolar da Hungria de então: os alunos encaravam com sujeição e medo os professores, espécie de semideuses que pairavam noutra esfera, mais alta. A proibição de formar associações não autorizadas pelo regulamento era absoluta: daí as medidas severas tomadas contra a inocente Sociedade do Betume.

Mas, de acordo com o momento e o país em que saem, as traduções deste livro singelo aparecem, de vez em quando, rodeadas de ressalvas. Em 1938, o tradutor francês julgou seu dever lembrar que a identificação dos dois grupos de meninos pela cor da camisa que usavam não correspondia, de modo algum, às divergências ideológicas da hora: tratava-se de um livrinho escrito em 1907! Em 1958, o tradutor russo, por sua vez, achou útil observar que o romance, velho de meio século, podia deliciar a mocidade soviética apesar dos sentimentos burgueses e do nacionalismo excessivo que refletia!

Em todo caso, estas características — se é que existem — em nada impediram a carreira gloriosa do livro em seu país de origem, onde continua sendo reeditado em tiragens fora do comum. A 18ª edição, publicada em 1972, que tenho em mão, saiu numa tiragem de nada menos de 94 mil exemplares.

Introduzidos no Brasil em fins de 1952 por intermédio desta mesma tradução, os meninos da minha cidade, mesmo sem o apoio de um prefácio interpretativo, encontraram compreensão. Tenho disto uma prova eloquente na carta que me dirigiu meu saudoso amigo Edgard Cavalheiro em 2 de fevereiro de 1953:

"Li *Os meninos da rua Paulo* e te agradeço muito vivamente pela oportunidade de conhecer essa obra-prima. Sou um sentimentalão e chorei um bocado com a reconstituição desse mundo perdido que é a infância. Lá em Pinhal também tivemos a nossa quadrilha de uma rua e de um terreno baldio muito parecido com o da rua Paulo. E travamos épicas batalhas com grupos 'inimigos'. O mundo é um só, meu caro. Pena que os donos da vida continuem a dividi-lo para proveito próprio."

A tradução teve ainda o mérito de provocar, anos depois, um belíssimo artigo de minha saudosa amiga Eneida (*Diário de Notícias*, 6 de março de 1955). Nesse artigo, ao mesmo tempo de crítica e de memórias, que vale por um título de naturalização, a grande cronista se exprimia assim:

"Creio mesmo, agora, que este livro é meu, porque é dos raros que — mulher sem inveja — eu gostaria de ter escrito."

E conta com que entusiasmo leu o livro de uma sentada:

"Li, li, até terminar o pequeno volume onde se agitam vidas meninas, vidas sadias, vidas gloriosas, porque defendem, além do *grund*, aquele império — a alegria da juventude."

Narra como, terminada a leitura, se lembrou da própria infância e do enorme quintal da casa paterna, da rua Benjamin Constant, em Belém do Pará, onde ela e um grupo de amiguinhos tinham o seu *grund*. E, relembrando episódios dessa infância passada tão longe do cenário onde viveram os meninos da rua Paulo, conclui:

"Se eu pudesse, Paulo Rónai, faria com que *Os meninos da rua Paulo* se transformasse num livro de cabeceira, não dos pequeninos, mas dos jovens brasileiros... Aqueles meninos daquela rua de Budapeste lutaram por um terreno, ganharam a guerra, mas perderam a terra, porque ali devia subir um arranha-céu. Não é essa também a história de todos os meninos do mundo de hoje?"

Antes desses dois testemunhos da integração dos meninos de Budapeste no ambiente brasileiro, dele já tivera uma prova indireta na emoção manifestada pelo meu querido mestre e colaborador Aurélio Buarque de Holanda no decorrer do penoso trabalho da revisão.

Publicada numa das maiores tiragens do Brasil em volume da Coleção Saraiva, a primeira edição, reservada aos assinantes dessa coleção, estava esgotada havia anos. Agora o livro está novamente ao alcance dos leitores brasileiros, novos e velhos. Faço votos que permita a muitos deles reviver capítulos da sua mocidade, como se deu com Eneida e com Edgard Cavalheiro.

OS MENINOS DA RUA PAULO

A tradução de *Os meninos da rua Paulo*
é dedicada ao *Aurelinho Baird Buarque Ferreira*
pelo seu amigo *Paulo Rónai.*

1

Faltavam quinze minutos para uma hora. Na sala de ciências naturais, por cima da comprida mesa do professor, apareceu finalmente, após longas e infrutíferas tentativas, como para recompensar a expectativa intensa, uma cintilante risca verde-esmeralda no meio da chama incolor do bico de Bunsen, documentando-se, assim, que a composição química destinada, segundo afirmava o professor, a colorir de verde a chama do bico, cumpria o seu dever. Pois foi à uma hora menos quinze, exatamente naquele momento de triunfo, que no quintal da casa vizinha ressoou uma pianola, e isso acabou de vez com toda a seriedade da aula. Era um dia quente de março, as janelas estavam escancaradas e, nas asas da fresca brisa primaveril, a música penetrou na aula. A pianola tocava uma alegre canção húngara, transformando-a numa espécie de marchinha, emprestando-lhe um caráter tão estrondoso, tão vienense,[1] que deu a toda a turma uma vontade de sorrir que muitos não souberam conter. A chama verde que oscilava alegre no bico de Bunsen, agora só atraía os olhares de alguns meninos dos primeiros bancos. Os outros olhavam pelas janelas para o mundo lá de fora, onde se viam os telhados dos casebres vizinhos, e, ao longe, rebrilhando à luz dourada do meio-dia, a torre da igreja, em cujo mostrador o ponteiro grande, reconfortador, se aproximava do XII. Voltada para a janela, a atenção dos meninos captava, além da música, outros sons que nada tinham que ver com a aula. Condutores do bondinho de burro trombeteavam, e num dos quintais uma criada cantarolava uma melodia totalmente diversa da tocada pela pianola.

A turma começava a mexer-se. Uns punham-se a procurar os livros na gaveta da carteira; outros, os mais ordeiros, limpavam as penas. Boka fechava o pequeno tinteiro de bolso, recoberto de couro vermelho, cujo mecanismo engenhoso não deixava vazar a tinta a não ser no bolso do estudante; Csele[2] juntava as folhas soltas que para ele substituíam os manuais, pois era um janota que, em vez de sobraçar uma biblioteca inteira como os demais, trazia apenas as folhas indispensáveis, e essas mesmo cuidadosamente distribuídas por todos os bolsos de fora e de dentro; Csónakos,[3] na última

[1] As marchas militares vienenses, como a célebre Marcha de Radetzky (1848) de Strauss (pai), eram vigorosas e intensas. [N.A.: Nelson Ascher]

[2] Pronuncia-se *Tchéle*. [P.R.: Paulo Rónai]

[3] Pronuncia-se *Tchônacoch*. [P.R.]

carteira, soltava bocejos dignos de um hipopótamo entediado; Weiss revirava um dos bolsos, limpando-o das migalhas do pãozinho que dali retirara às escondidas, para mastigá-las aos poucos no decorrer das três últimas aulas; Geréb[4] punha-se a arrastar os pés, ruidosamente, debaixo do banco, como quem faz menção de levantar-se; Barabás, enfim, sem o menor constrangimento, desdobrava sobre os joelhos o encerado para nele arrumar os livros conforme o tamanho, e apertou-os vigorosamente com uma correia, produzindo assim um estalo forte da carteira, que o fez corar de espanto. Numa palavra, todos se preparavam para sair, salvo o professor, o qual não parecia tomar conhecimento de que, ao cabo de cinco minutos, tudo estaria acabado. Percorreu com o olhar sereno todas aquelas cabeçorras e perguntou:

— Que é que há?

Estas palavras produziram um silêncio geral, um silêncio de morte. Barabás teve de largar a correia, Gereb recolheu os pés, Weiss tornou a virar o bolso, Csónakos dissimulou o bocejo tapando a boca com a mão, Csele repôs as folhas na carteira e Boka escondeu o tinteirinho vermelho, de onde, ao contato do bolso, a linda tinta azul se pôs a vazar instantaneamente.

— Que é que há? — repetia o professor.

Todos se mantiveram imóveis, sentados nas carteiras. Então ele fitou a janela, pela qual os acentos da pianola penetravam num saltitar alegre como para mostrar a todos que não

[4] Pronuncia-se *Guéreb*. [P.R.]

estavam submetidos à disciplina escolar, verberou a pianola com um olhar severo e disse:

— Csengey,[5] feche a janela.

O pequeno Csengey, que era o monitor, levantou-se da primeira carteira e, com aquele seu arzinho sério e rígido, foi executar a ordem.

Nesse momento Csónakos debruçou-se pela carteira afora e segredou ao ouvido do lourinho sentado à sua frente:

— Nemecsek,[6] atenção!

Nemecsek olhou furtivamente para trás e, depois, para o chão, onde uma bolinha de papel vinha rolando em direção a ele. Apanhou-a, dobrou-a e leu num lado do papel estes dizeres:

Passe para Boka.

Nemecsek sabia que isto era apenas o sobrescrito e que o recado estava no verso. Mas como era um rapaz de caráter, não quis absolutamente ler uma carta destinada a outrem. Refez a bolinha e aguardou o momento oportuno para, então, cochichar por sua vez, inclinando-se da carteira para a passagem entre as duas fileiras de bancos:

— Boka, atenção!

Agora foi Boka que olhou para o chão, meio de comunicação normal dessa espécie de recados, e apanhou a bolinha. No verso, isto é, no lado que o lourinho Nemecsek não lera por motivos de honra, liam-se estas palavras:

[5] Pronuncia-se *Tchênguei*. [P.R.]

[6] Pronuncia-se *Nêmetchek*. [P.R.]

Às três da tarde, assembleia geral. Eleição do presidente, no grund. *Divulgar.*

Boka pôs o papelzinho no bolso e apertou mais uma vez o seu pacote de livros, que acabara de arrumar. Era uma hora. A campainha elétrica entrou a berrar, e dessa vez até o professor tomou conhecimento do fim da aula. Apagou o bico de Bunsen, indicou a lição do dia seguinte e voltou ao gabinete de ciências naturais, onde, a cada abrir de porta, animais empalhados e passarinhos mortos empoleirados nas prateleiras piscavam os estúpidos olhinhos de vidro, e num canto, silencioso mas cheio de dignidade — mistério dos mistérios, horror dos horrores — um amarelecido esqueleto humano estava fazendo horas.

Num instante, a sala se esvaziou. Começou uma correria feroz pelas escadas abaixo, no meio das colunas, a qual só se transformava em pressa moderada quando, entre a barulhenta multidão de meninos, aparecia a silhueta ereta de um professor. Então os que corriam detinham o passo, o zum-zum se acalmava, mas logo que o professor desaparecia a uma volta do corredor, todos se punham novamente a precipitar-se escada abaixo.

O portão despejava um magote de meninos que se espalhavam metade à direita, metade à esquerda, tirando o chapéu à passagem de um ou outro professor. Depois dirigiam-se para casa, cansados e esfaimados, pela rua banhada de sol. Como outros tantos escravos, libertos de repente, cambaleavam naquela abundância de luz e de ar, ao retomar contato com a cidade viva, ruidosa, movimentada, essa mistura confu-

sa de carros, bondes de burro, ruas e lojas, que eles deviam atravessar para chegarem a casa.

No vão de um portão vizinho Csele regateava uma fatia de torrone. O homem do torrone acabara de aumentar os preços de maneira descarada. É fato notório que no mundo inteiro o torrone custa um *krajcár*.[7] Quer dizer: o homem do torrone pega da machadinha, e o que ele separa com uma machadada só da grande massa branca semeada de avelãs custa um *krajcár*. Tudo, aliás, custava um *krajcár* no vão do portão, três ameixas ou três abrunhos, três metades de figo ou três metades de noz, besuntadas de açúcar líquido e espetadas num pauzinho; uma bala de alcaçuz ou de cevada; e até um saquinho de "forragem de colegial", mistura das mais gostosas, formada de avelãs, passas, torrões de açúcar, amêndoas, lixo de rua, fragmentos de alfarroba e moscas mortas. Pelo preço módico de um *krajcár* a forragem de colegial traz um sem-número de produtos dos reinos animal e vegetal, como da indústria.

O simples fato de Csele regatear indicava que o homem do torrone tinha aumentado os preços. Os conhecedores das leis do comércio bem sabem que uma das causas possíveis de encarecimento é o perigo que a transação envolve. Daí o preço elevado de certos chás da Ásia que as caravanas têm de carregar através de regiões infestadas pelos ladrões: cumpre a nós, gente da Europa, pagar o risco. O homem do torrone ti-

[7] Pronuncia-se *cráitsar*. Um *krajcár* equivale a 1/100 do florim húngaro (*fórint*), algo como um centavo. [P.R.]

nha o espírito dos negócios. A diretoria do colégio queria expulsá-lo das imediações. Bem sabia o coitado que a diretoria tinha meios de conseguir o que queria; todo o seu estoque de gulodices e seus sorrisos mais açucarados não poderiam fazer com que os professores que passavam por ele não o encarassem como um inimigo da mocidade.

— Os rapazes gastam todo o dinheiro que têm no italiano do portão — diziam.

E o italiano sentia que sua empresa não poderia permanecer por muito tempo nas proximidades do colégio. Aumentou, pois, os preços. Uma vez que tinha de sair dali, queria pelo menos lucrar um pouco mais. Foi o que explicou a Csele em sua língua misturada:

— Até agora, *tutto costava* um *krajcár*. A *partire* de *oggi*, *tutto costa* dois *krajcár*.

Enquanto articulava essas palavras, brandia a machadinha no ar com expressão feroz. Geréb sugeriu a Csele em voz baixa:

— Atire o chapéu no meio dos doces!

Csele ficou encantado com a sugestão. Que ideia magnífica! Como as gulodices iam voar para cada lado! Que gargalhadas os rapazes não iam dar!

Geréb, como um demônio, continuava a tentá-lo baixinho:

— Atire o chapéu. Este sujeito é um usurário.

Csele tirou o chapéu da cabeça.

— Este lindo chapéu? — perguntou.

O caso estava perdido. Por mais interessante que fosse a sugestão, Geréb não escolheu bem a pessoa. Não era Csele o janota que em vez de livros só usava folhas soltas?

— Está com pena? — perguntou.

— Sim — respondeu Csele. — Mas não pense que sou covarde. Tenho pena é do chapéu, mas não tenho medo. Aliás, posso prová-lo. Se você quiser, jogarei o seu com prazer.

Não era a Geréb que se podia fazer uma proposta dessas. Chegava a ser uma afronta. Também não deixou a coisa ficar assim.

— Já que se trata do meu chapéu, vou jogá-lo eu mesmo. Este sujeito é um usurário. Se você está com medo, vá-se embora.

E com um movimento que nele indicava disposição belicosa, tirou o chapéu para arremessá-lo à mesinha de pernas em X, cheia de guloseimas.

Mas alguém lhe embargou a mão. Uma voz de gravidade quase viril perguntou-lhe:

— Que está fazendo?

Geréb virou-se. Atrás dele estava Boka.

— Que está fazendo? — repetiu este a pergunta, encarando-o com ar ao mesmo tempo grave e sereno.

Geréb deu um ronco, igual ao do leão quando o domador o fita bem nos olhos. Acanhou-se e repôs o chapéu na cabeça, encolhendo os ombros. Boka acrescentou baixinho:

— Deixe o homem. Gosto de pessoas de coragem, mas isso de jogar o chapéu não tem sentido. Venha.

E estendeu-lhe a mão, que estava cheinha de tinta. O tinteirinho alagara-lhe maliciosamente o bolso, onde ele guardava a mão sem suspeitar de nada. Os dois rapazes, porém, não se importavam muito com isso. Boka enxugou a mão numa parede, o que sujou esta sem limpar aquela. Mas o incidente estava liquidado. Boka pegou Geréb pelo braço, e os dois puseram-se a percorrer a longa rua. Csele, o janota, ficou atrás, e os dois amigos ainda o ouviram dizer ao italiano, com a resignação de um revolucionário derrotado:

— Já que tudo agora custa dois *krajcár*, me dê dois *krajcár* de torrone.

E mergulhou os dedos na linda bolsinha verde. O italiano teve um sorriso como quem se pergunta o que aconteceria se a partir do dia seguinte tudo custasse três *krajcár*. Era apenas um sonho, como quando a gente sonha que cada florim vale uma cédula de cem. Vibrou uma machadada no torrone e colocou num papelzinho o pedaço partido.

Csele olhou-o desapontado:

— Mas é menos do que antes.

O êxito tornou o italiano impertinente. Respondeu com um risinho cínico:

— Quanto mais caro, tanto menos.

E voltava-se para um freguês novo que, esclarecido pelo incidente, já vinha com dois *krajcár* na mão. Continuava dando golpes na branca massa de açúcar, como se fosse um enorme carrasco da Idade Média a decepar as cabeças do tamanho de uma avelã de uma multidão de anõezinhos. Fazia hecatombes de torrone.

— Uh! — disse Csele ao novo freguês. — Não lhe compre nada. É um usurário.

E meteu na boca toda o torrone, no qual metade do papel ficou colado de maneira impossível de arrancar, mas não impossível de lamber.

— Esperem-me! — gritou para os dois amigos.

E saiu correndo atrás deles.

Apanhou-os na esquina. Os três entraram na rua do Cachimbo e avançaram em direção à rua de Soroksár. Iam abraçados, com Boka no meio, o qual explicava algo com gravidade em voz pausada, como de costume. Tinha catorze anos e o seu rosto ostentava ainda poucos traços de maturidade. Quando abria a boca, porém, ganhava alguns anos. Tinha uma voz funda, meiga e grave, e o que dizia parecia-se com a voz. Raramente dizia bobagens, e não mostrava nenhum jeito para valentão ou sabido. Não gostava de entrar em brigas, e, quando o convidavam para árbitro, recusava-se. Já aprendera que, após a sentença, uma das partes fica sempre amargurada, irritada contra o juiz. Somente quando a briga já tomava proporções maiores, chegando quase a exigir a intervenção de um professor, é que ele intervinha para apaziguar. Pois aquele que apazigua, pelo menos, não encoleriza nenhuma das partes. Numa palavra, Boka parecia um rapaz inteligente: dava a impressão de alguém que, mesmo que não fizesse carreira, desempenharia na vida um papel decente.

Para chegarem a casa, tinham de entrar numa das ruas laterais, a rua Köztelek. Um doce sol de primavera iluminava a ruazinha calma, onde se ouvia apenas o rom-rom pacato da fábrica de fumo que ladeia uma das calçadas de uma extremidade à outra. Duas pessoas estavam no meio da rua em atitude de expectativa. Eram o robusto Csónakos e Nemecsek, o lourinho.

Ao avistar os três amigos que avançavam abraçados, Csónakos não conteve a alegria, e, levando dois dedos à boca, deu um assobio parecido com o de uma locomotiva. Era a especialidade dele. Nenhum aluno do quarto ano sabia imitar esse assobio de cocheiro; em todo o colégio haveria poucos que o executassem com tamanha perfeição. Talvez apenas Cinder,[8] o presidente do grêmio literário, soubesse assobiar daquele jeito: ele, porém, deixou de fazê-lo desde que o elegeram para tão alto posto. Nunca mais pôs os dedos na boca: o presidente do grêmio literário, que todas as tardes de quarta-feira presidia a sessão, sentado ao lado do professor de húngaro, não podia fazê-lo de maneira alguma.

Ao assobio de Csónakos, os amigos estugaram o passo e vieram juntar-se aos dois, formando grupo com eles.

Csónakos dirigiu-se a Nemecsek:

— Já contou?

— Ainda não — respondeu este.

— O quê? — perguntaram os três a uma voz.

O próprio Csónakos respondeu em vez do lourinho:

— Eles fizeram de novo *einstand*.

— Quem?

— Os dois Pásztor.[9]

Fez-se um grande silêncio.

Para compreendê-lo, é preciso saber o que é o *einstand*. É um termo especial da gíria dos guris de Budapeste. Quando um guri forte vê garotos mais fracos brincarem com bolas de gude, peninhas ou sementes de alfarroba, e quer tirar-lhes o brinquedo, grita: *einstand*! Essa feia palavra alemã significa

[8] Pronuncia-se *Tsínder*. [P.R.]

[9] Pronuncia-se *Pástor*. [P.R.]

que o rapaz forte declara presa de guerra as bolas de gude e recorrerá à violência se alguém lhe resistir. O *einstand* é, portanto, uma declaração de guerra e, ao mesmo tempo, uma afirmação breve mas enérgica do estado de sítio, do regime da arbitrariedade e da pirataria.

Foi Csele, o elegante, que rompeu o silêncio, pronunciando com repugnância a palavra odiosa:

— Fizeram *einstand*?

— Sim — disse o lourinho criando coragem ao ver o efeito da notícia.

Geréb exclamou, indignado:

— Isto não pode continuar assim! Há muito tempo que eu digo que é preciso fazer alguma coisa, mas Boka sempre torce a cara. Se não fizermos alguma coisa, acabaremos apanhando.

Csónakos levou dois dedos à boca para assobiar de alegria. Estava sempre pronto a aderir a qualquer revolução. Mas Boka tomou-lhe a mão:

— Não me ensurdeça.

E, virando-se para o lourinho, perguntou-lhe com gravidade:

— Como se deu a coisa?

— O *einstand*?

— Sim. Quando foi?

— Ontem de tarde.

— Onde?

— No Museu.

Chamavam assim ao parque do Museu Nacional.

— Então conta-me tudo direito, sem alterar nada, pois

nós devemos saber a verdade, se quisermos tomar alguma providência contra eles.

Nemecsek ficava nervoso quando sentia estar sendo importante, o que raramente lhe acontecia. Ninguém ligava ao lourinho. "Não dividia e não multiplicava", como se costuma dizer, assim como o *um* na aritmética. Simplesmente não contava. Era um guri franzino, insignificante e fraco; e foram provavelmente essas qualidades que o tornaram uma vítima excelente. Aproximando as cabeças, os outros ouviam-no contar.

— O negócio foi assim: depois do almoço, fomos ao Museu, o Weiss mais eu, o Richter, o Barabás e o Kolnay. Primeiro queríamos jogar bola na rua Eszterházy, mas a bola era dos rapazes da Escola Técnica e eles não deixaram. Então o Barabás diz: "Vamos ao Museu jogar gude junto ao muro". Então todos entramos no Museu e começamos a jogar gude junto ao muro. Cada um lançava uma bola, e quem acertava numa das bolas que já estavam no chão ficava com as bolas todas. Fomos lançando as bolas, já havia umas quinze ao pé do muro e, entre elas, duas de vidro. De repente, Richter grita: "Acabou-se, lá vêm os Pásztor!". Realmente, lá vinham da esquina os Pásztor, de mãos nos bolsos e olhos no chão. Vinham tão devagar que nós todos ficamos com medo. Não adiantava sermos cinco; eles dois são tão fortes que surram facilmente dez. Depois, nem éramos bem cinco, pois, quando o tempo fecha, Kolnay dá o fora e Barabás também, então somos apenas três. É possível que eu também dê o fora, o que faz apenas dois. Mas mesmo que os cinco deem o fora, não adianta, pois os Pásztor são quem corre melhor em todo o Museu e eles nos alcançam logo. Pois vinham chegando e olhavam muito para as bolas. Então eu disse ao Kolnay: "Ouça, esta gente gosta das nossas bolas". Mas quem atinou foi Weiss, pois disse logo: "Estão chegando. Essa chegada vai dar um *einstand* daqueles". Mas eu pensei que eles não mexeriam conosco, pois nunca lhes fizemos nada. No começo, não mexeram: apenas ficaram parados a olhar para o jogo. Kolnay cochichou-me no ouvido: "Escute, Nemecsek, vamos acabar". Eu lhe disse: "Pois sim! Acabar agora, que você não acertou! É a minha vez. Se eu ganhar acabaremos". Nesse ínterim, Richter jogou a sua bola, mas a mão lhe tremia de medo, e como olhava de soslaio para os Pásztor, naturalmente não pôde acertar. Os Pásztor não se mexiam: ficavam lá parados, com as mãos nos bolsos. Então foi a minha vez. Acertei e ganhei todas as bolas. Ia recolhê-las, havia bem umas trinta, quando um dos Pásztor, o mais moço, pula na minha frente e diz: "*Einstand!*". Olhei para trás. O Kolnay e o Barabás já corriam, o Weiss estava pegado ao muro, bem pálido, e o Richter ainda matutava se devia dar o fora ou não. Primeiro eu tentei resistir e disse: "Desculpe, vocês não têm o direito de fazer isto". Mas já o mais velho apanhava as bolas e as botava nos bolsos. O mais moço me abecou e berrou: "*Não ouviu que é* einstand?". Então, naturalmente, não pude dizer mais nada. O Weiss começou a choramingar ao pé do muro, o Kolnay e o Barabás estavam escondidos atrás da esquina e de lá espiavam o que havia. Os Pásztor não disseram mais nada, levaram as bolas todas e foram embora. Só isto.

— Incrível! — exclamou Geréb, revoltado.

— É um verdadeiro roubo! — disse Csele.

Csónakos deu um assobio para exprimir que a coisa estava feia. Boka mantinha-se calado e meditava. Todos olhavam para ele, curiosos de ouvir o que diria. Havia meses que se falava naquilo, mas Boka não o levava a sério. Porém esse caso, essa injustiça flagrante comovera-o também.

— Primeiro vamos almoçar — disse ele sem levantar a voz. — À tarde nos encontraremos no *grund*. Lá examinaremos o caso. Eu também reconheço agora que o caso é grave.

Todos gostaram dessa declaração. Boka, nesse instante, era-lhes muito simpático, e olhavam sorrindo para a sua fronte inteligente e os seus olhos pretos, onde havia uma chama belicosa. Tinham vontade de beijá-lo por verem que ele também, afinal, perdera a paciência.

Rumaram para casa. Um sino alegre repicava em alguma torre do bairro José, o sol brilhava, tudo era lindo, cheio de alegria. Os rapazes pressentiam a chegada de coisas extraordinárias. Todos estavam cheios de energia, de vontade de agir, e aguardavam os acontecimentos com impaciência. Pois se Boka dissera que haveria coisa, era certo que ia haver.

Caminhavam devagar em direção à avenida de Üllö. Csónakos ficou atrás com Nemecsek. Quando Boka se virou, viu-os ambos, parados perto duma janela da adega da fábrica de tabaco, onde se depositara uma camada espessa de fino pó de fumo.

— Rapé! — gritou Csónakos com alvoroço.

Deu um assobio e encheu o nariz do pó amarelo.

Nemecsek ria às gargalhadas, o macaquinho. Ele também apanhou uma porção de pó e aspirou-a da ponta dos dedos finos. E os dois percorriam a rua Köztelek, entusiasmados pela magnífica descoberta. Csónakos dava espirros enormes como tiros de canhão, e o lourinho fungava como um porquinho-da-índia quando judiam com ele. Espirravam, riam e corriam, e a sua felicidade era tamanha que lhes fez até esquecer a grande injustiça, a injustiça que o próprio Boka, tão sisudo e calmo, acabara de qualificar de grave.

2

Ó *grund*... Ó vós, belos e sadios estudantes da planície, aos quais basta dar um passo para vos encontrardes na estepe[1] imensa, sob a admirável redoma azul que se chama firmamento, vós cujos olhos estão acostumados às grandes distâncias, aos longes, vós que não viveis apertados entre edifícios altos, nem podeis imaginar o que é para os guris de Budapeste um terreno baldio, um *grund*. É a sua planície, a sua estepe, o seu reino; é o infinito, é a liberdade. Um pedacinho de terra,

[1] Planície quase sem árvores, mas com boas pastagens para cavalos e outros animais. A grande estepe eurasiática é uma faixa praticamente contínua que vai da China à Hungria; era o lugar onde viviam e se deslocavam os povos asiáticos nômades que, desde os hunos até os mongóis, invadiram a Europa. [N.A.]

limitado a um dos lados por uma cerca meio desmoronada, ao passo que pelos demais lados altos muros de edifícios o rodeiam. Atualmente o *grund* da rua Paulo também já se encontra ocupado por um triste edifício, de quatro andares, cheio de moradores, nenhum dos quais sabe, talvez, que aquele pedacinho de terra significou a mocidade para alguns pobres estudantes de Budapeste.

O *grund* estava deserto, como convém, aliás, a um terreno baldio. Tinha uma cerca do lado da rua Paulo. À direita e à esquerda era ladeado de edifícios. Por trás... pois é, era justamente esse lado de trás que o tornava interessante, magnífico. Por trás havia outro terreno baldio, ocupado por uma serraria mecânica, que aí acumulava pilhas de lenha, amontoadas ordenadamente em cubos e separadas por grande número de ruazinhas. Era um verdadeiro labirinto. Cinquenta a sessenta ruas se cruzavam entre as pilhas escuras e mudas, e não era coisa fácil orientar-se alguém por elas. Quem conseguia finalmente sair do labirinto, chegava a uma pracinha, onde se erguia uma casa baixa, o edifício da serraria. Era uma casinha estranha, misteriosa e temível. Durante o verão a vinha selvagem cobria-a toda. Em meio ao verde das folhas apontava uma chaminé esbelta e preta que resfolegava a intervalos regulares e cuspia nuvens de vapor branco. Pensar-se-ia então, ao ouvi-la de longe, que havia uma locomotiva presa no meio de todas aquelas pilhas e que despendia grandes esforços para sair, mas em vão.

Em redor da casa viam-se enormes carros para o transporte da lenha. De vez em quando um ou outro encostava-se à parede, e então se ouvia um forte barulho. Debaixo do beiral havia uma janelinha, da qual saía uma calha. Quando o carro se encontrava bem juntinho da parede, de repente a lenha rachada começava a descer pela calha e a cair dentro do carro, com a rapidez de um líquido que se derrama. Depois de cheio o carro, o cocheiro lançava um grito. Então a chaminé parava de arfar, a casinha se tornava silenciosa, o cocheiro dizia uma palavra aos cavalos, e estes partiam. Vinha outro carro, vazio e faminto, encostava-se no muro, o vapor recomeçava a silvar na chaminé e a lenha chovia novamente. Era assim havia anos. À medida que a serra, dentro da casinha, ia rachando a lenha, outros carros traziam toros novos, e, assim, nunca faltaram pilhas no terreno e a serra nunca parou de assobiar. Na frente da casa viam-se umas amoreiras anêmicas. Ao pé de uma delas havia um barracão, residência do Eslovaco,[2] encarregado de vigiar as pilhas durante a noite para que não as roubassem ou incendiassem.

Podia-se imaginar lugar mais agradável para folguedos? Nós,[3] meninos da cidade, não queríamos saber de outro. O *grund* da rua Paulo era chão e representava para nós as sava-

[2] Os eslovacos são um povo eslavo, aparentados dos tchecos, russos, poloneses e que falam uma língua sem relação com o húngaro. Até o final da Primeira Guerra Mundial, a Eslováquia pertencia à Hungria (que pertencia ao Império Austro-Húngaro). Depois, os eslovacos se uniram aos tchecos para formar um país independente, a Tchecoslováquia, que, nos anos 1990, se dividiu em dois: a República Tcheca e a Eslováquia. [N.A.]

[3] É interessante notar que com a palavra "nós", que só ocorre neste trecho três vezes seguidas e três vezes no capítulo 8, o autor confessa haver pertencido ao grupo dos meninos da rua Paulo. [P.R.]

nas[4] americanas. Quanto ao terreno de trás, o da serraria, era para nós todo o resto: a cidade, a floresta, a serra, quer dizer, coisa diferente segundo as necessidades de cada dia. Sobretudo não penseis que a serraria fosse um lugar desprotegido. No alto de diversas pilhas de lenha havia verdadeiras fortalezas. Boka era que designava as pilhas que precisavam ser reforçadas. A construção dos fortes ficava, depois, a cargo de Csónakos e de Nemecsek. Havia quatro ou cinco desses fortes em diferentes pontos do terreno, e cada um deles tinha o seu capitão, assim como o seu tenente e o seu alferes. Era essa a organização do exército. De soldados rasos, infelizmente, só havia um. Em todo o *grund*, os capitães e os tenentes davam ordens, mandavam fazer exercícios e impunham castigos a um único soldado.

Talvez nem seja preciso dizer que esse único soldado raso era Nemecsek, o lourinho. Os capitães, tenentes e alferes cumprimentavam-se com displicência ao se encontrarem no *grund*, mal levando a mão ao quepe e lançando uns aos outros um distraído bom-dia.

Só o pobre do Nemecsek tinha de fazer continência a cada passo, imobilizando-se numa muda saudação militar. E todos aqueles que passavam por ele repreendiam-no:

— Endireita a posição!

[4] Região de vegetação rasteira e poucas árvores, geralmente baixas. Aqui Ferenc Molnár obviamente está remetendo ao autor que seus personagens gostavam de ler, o americano James Fenimore Cooper, que escreveu *O último dos moicanos* (1836). [N.A.]

— Junta os calcanhares!

— Avança o peito!

— Encolhe a barriga!

— Perfila-te!

E Nemecsek obedecia a todos com verdadeira felicidade. Há também guris assim, que gostam de obedecer a ordens. A maioria, no entanto, gosta de mandar. É bem humano isso. Eis por que não é de surpreender que no *grund* todos fossem oficiais, e apenas Nemecsek soldado raso.

Às duas e meia da tarde ainda não havia ninguém no *grund*. À porta do barracão via-se, no chão, uma manta de cavalo, e em cima dela o Eslovaco dormia um sono feliz. Ele dormia sempre de dia, pois passava as noites a vaguear entre as pilhas ou a contemplar a Lua, sentado num dos fortes. A serra resfolegava, a chaminé preta cuspia nuvenzinhas brancas como neve, e a lenha cortada chovia no carro.

Poucos minutos depois das duas e meia a porta da rua Paulo rangeu e por ela entrou Nemecsek. Sacou do bolso um pedaço de pão, olhou em redor e, ao verificar que não havia ninguém, começou a mastigar. Antes, aferrolhou cuidadosamente a porta, pois uma das leis principais do *grund* impunha essa obrigação a quantos entrassem. Quem deixasse de fazê-lo, ficava sujeito à pena de prisão. Havia no *grund* uma disciplina bem rigorosa.

Nemecsek sentou-se numa pedra e continuou a mastigar, enquanto aguardava os outros. A reunião do dia prometia ser bem interessante. Havia no ar como que um presságio de grandes acontecimentos e, para dizer a verdade, Nemecsek sentia naquele momento um grande orgulho por pertencer ao famoso grupo dos rapazes da rua Paulo. Sem deixar de mastigar, levantou-se e, para passar o tempo, foi dar umas voltas entre as pilhas. Percorria as ruazinhas, quando deparou com o grande cachorro preto do Eslovaco.

— Heitor! — gritou-lhe com alegria.

Mas Heitor não mostrou a menor vontade de responder-lhe à saudação. Apenas abanou rapidamente a cauda, o que, no mundo canino, equivale a um distraído toque de chapéu. Com isso passou por ele correndo e emitiu latidos furiosos. O lourinho foi atrás do cachorro e viu que este parou ao pé de uma pilha, onde recomeçou a ladrar com veemência maior. Era uma das pilhas em que eles tinham construído um forte. Em cima havia um parapeito formado com toros e, numa hastezinha, uma bandeirinha vermelha e verde.[5] Heitor rondava à volta do forte sem parar de latir.

— Que será? — perguntou o lourinho ao cachorro, com o qual se dava muito bem, talvez porque, a não ser ele, Heitor era o único soldado raso de todo o exército.

Olhou para o forte. Não viu ninguém, mas teve a impressão de que alguém mexia no meio dos toros. Resolveu, pois, ver aquilo, e pôs-se a trepar nas extremidades das traves. Estava a meio caminho, quando percebeu nitidamente que alguém deslocava uma trave. Sentiu o coração aos baques e teve vontade de voltar atrás. Mas, ao olhar para baixo, viu Heitor, o que lhe restituiu a coragem.

[5] As cores da bandeira húngara são vermelho, branco e verde, como as da italiana. [N.A.]

— Não tenha medo, Nemecsek — disse consigo.

E continuou a subir cautelosamente. A cada degrau ia renovando a exortação:

— Não tenha medo, Nemecsek! Não tenha medo, Nemecsek!

Por fim, chegou ao alto da pilha. Ia reiterar a exortação uma última vez, ao galgar o parapeito baixo do forte, mas o pé que levantara ficou parado no ar, de tanto susto.

— Minha Nossa Senhora! — exclamou.

E pôs-se a descer precipitadamente por onde viera. Quando se encontrou novamente no chão, o coração batia-lhe com força. Levantou os olhos. Perto da bandeira, o pé direito apoiado no parapeito, lá estava Chico Áts,[6] o terrível Chico Áts, inimigo de todos eles, capitão dos rapazes do Jardim Botânico. O vento agitava-lhe a ampla camisa vermelha, enquanto um sorriso de escárnio lhe aflorava aos lábios. Em voz baixa dirigiu-se ao lourinho:

— Não tenha medo, Nemecsek!

Nemecsek, porém, não só tinha medo, mas corria, seguido do cachorro preto. Os dois avançavam pelo caminho sinuoso por entre as pilhas, rumo ao *grund*. O vento trazia-lhes o grito irônico de Chico Áts:

— Não tenha medo, Nemecsek!

Chegado ao *grund*, Nemecsek virou-se, mas não viu mais a camisa vermelha de Chico. Entretanto a bandeira também tinha desaparecido. O inimigo levou a bandeirinha vermelha

[6] Pronuncia-se *Atch*. [P.R.]

e verde, feita pela irmã de Csele, e sumiu-se entre as pilhas. Talvez tenha saído pela rua Maria, do lado da serraria, mas não era impossível que ainda estivesse escondido ali junto com seus amigos, os dois Pásztor.

À ideia de que os Pásztor podiam também estar por ali, Nemecsek sentiu calafrios na espinha. Já sabia o que era um encontro com os Pásztor. Quanto a Chico Áts, acabara de vê-lo de perto pela primeira vez. Ele o assustara bastante, sem, no entanto, desagradar-lhe. Pelo contrário, gostou daquele rapaz moreno, espadaúdo, de traços bonitos, em quem a camisa vermelha assentava às mil maravilhas. Aquela camisa vermelha dava-lhe um ar marcial, garibaldino.[7] Os rapazes do Jardim Botânico, que o imitavam, usavam todos camisas dessa cor.

No portão da cerca ressoaram quatro pancadas rítmicas.

Nemecsek respirou de novo: as quatro pancadas eram o sinal convencionado dos rapazes da rua Paulo. Foi abrir, correndo, a porta aferrolhada. Entrou Boka, acompanhado de Csele e Geréb. Nemecsek mal continha a impaciência de contar-lhes a terrível novidade, mas nem por isso esqueceu a

[7] Relativo a Giuseppe Garibaldi (1807-82), herói italiano da unificação de seu país cujo marco é 1860, que lutou contra os austríacos (que também eram vistos como opressores pelos húngaros). Garibaldi foi uma figura celebrada no mundo inteiro durante o século XIX. Ele lutou também na América do Sul, participando, no Brasil, da Guerra dos Farrapos, no Rio Grande do Sul. Foi nessa época que conheceu e desposou uma brasileira: Anita Garibaldi (1821-49). [N.A.]

sua qualidade de soldado raso e o que devia aos capitães e aos tenentes. Fez a saudação militar, mantendo-se em posição de sentido.

— Olá! — disseram os recém-chegados. — Que há de novo?

Nemecsek pôs-se a fazer gestos, como que procurando ar. Queria contar tudo de uma vez.

— É horrível! — gritou.

— O quê?

— É espantoso! Vocês não vão acreditar.

— O quê?

— Chico Áts esteve aqui.

Dessa vez foram os outros que se espantaram.

— Não é verdade! — disse Geréb.

Nemecsek pôs a mão no peito:

— Juro.

— Não jure! — disse Boka.

E para dar maior peso às suas palavras, berrou:

— Sentido!

Nemecsek perfilou-se. Boka aproximou-se dele e disse:

— Agora conte o que viu, tim-tim por tim-tim.

— Quando entrei numa das ruas — disse Nemecsek —, o cachorro latiu. Fui atrás dele e ouvi um ruído na fortaleza do meio. Subi e vi Chico Áts, de camisa vermelha.

— No forte?

— No forte! — respondeu o lourinho.

E por um triz não jurou de novo. Já estava com a mão no peito, mas, a um olhar severo de Boka, abaixou-a e acrescentou:

— Levou a bandeira também.

— A bandeira? — perguntou Csele.

— Sim, a bandeira.

Todos eles foram correndo ao forte. Nemecsek corria modestamente atrás dos outros, em parte por ser soldado raso, em parte porque Chico Áts, quem sabe, talvez andasse ainda por ali. À vista do forte estacaram. Com efeito, a bandeira sumira-se. Nem sequer o cabo estava mais lá. Todos ficaram muito excitados; só Boka se conservou de sangue-frio.

— Peça a sua irmã — disse a Csele — que faça outra bandeira para amanhã.

— Está certo — respondeu Csele —, mas não há mais fazenda verde. Vermelha ainda há, mas a verde acabou.

Boka não se perturbou:

— E branca?

— Há.

— Que faça então uma bandeira branca e vermelha. De agora em diante serão essas as nossas cores.

Todos concordaram.

Geréb dirigiu-se a Nemecsek:

— Soldado!

— Às ordens!

— Modifique as leis nestes termos: de agora em diante, nossas cores são o branco e o vermelho.

— Pois não, tenente!

Generoso, Geréb disse então ao soldado que se mantinha em continência:

— Descanse.

E Nemecsek descansou. Os demais subiram ao forte e verificaram que Chico Áts quebrara o cabo da bandeira, pregado ao parapeito. A parte que ficara debaixo do prego ainda estava lá, destroço melancólico.

Do *grund* ouviram-se gritos:

— Olá-ó!, olá-ó!

Era o grito convencionado. Os outros deviam ter chegado e estavam procurando-os. De muitas gargantas vinha o grito:

— Olá-ó!, olá-ó!

Csele chamou Nemecsek:

— Soldado!

— Às ordens.

— Responda a esses gritos.

— Pois não, tenente!

E fazendo da mão porta-voz, Nemecsek soltou na sua vozinha fina:

— Olá-ó!

Nisto desceram e foram-se encaminhando para o descampado. No meio deste viam-se os outros: Csónakos, Weiss, Kende, Kolnay, mais alguns, formando um grupo. Ao verem Boka, todos se perfilaram, por ser ele o capitão.

— Olá! — disse Boka.

Kolnay adiantou-se:

— Capitão, ao entrarmos encontramos a portinha aberta. Segundo a lei, deveria estar aferrolhada.

Boka lançou um olhar severo aos que o acompanhavam. Estes, por sua vez, olharam todos para Nemecsek, o qual já estava com a mão no peito, prestes a jurar que não fora ele quem deixara a portinha aberta, quando o capitão perguntou:

— Quem entrou por último?

Não houve resposta. Ninguém entrara por último. Todos permaneciam silenciosos, quando Nemecsek disse, aliviado:

— Foi o capitão que entrou por último.

— Eu? — perguntou Boka.

— Sim.

O capitão refletiu um instante.

— Tem razão — confirmou, sério. — Esqueci-me de aferrolhar a portinha. Tenente, inscreva o meu nome no Livro Negro.

Geréb tirou do bolso um livrinho preto e anotou em letras grandes: *João Boka*. E para saber de que se tratava, acrescentou: *portinha*.

Os rapazes observavam a cena com satisfação. Boka era um rapaz justo. Castigando-se a si mesmo, acabava de dar um exemplo de hombridade superior aos da aula de latim, cheia de "caracteres romanos". Mas Boka também era homem e tinha as suas fraquezas. Depois de ter-se castigado a si mesmo, virou-se para Kolnay, que lhe anunciara que a porta estava aberta:

— Você poderia falar menos. Tenente, anote Kolnay como delator.

O tenente sacou novamente o livrinho preto e anotou Kolnay. Quanto a Nemecsek, que estava atrás dos outros, deu em silêncio uns pulos de alegria por não ser ele, pelo menos uma vez, o anotado. No Livro Negro não se lia outro nome senão o dele. Sempre, por qualquer coisa, todos mandavam inscrevê-lo, e o tribunal, que se reunia todos os sábados, condenava-o sempre, a ele. Não havia por onde: era o único soldado raso.

Então puseram-se a conversar. Ao cabo de alguns minutos todos sabiam da novidade: Chico Áts, capitão dos camisas-vermelhas, atrevera-se a penetrar no próprio coração do *grund*, subira ao forte do meio e arrancara a bandeira. A indignação era geral. Todos rodearam Nemecsek, que acrescentava cada vez mais pormenores ao seu relatório.

— Disse-lhe alguma coisa?

— Ora se disse! — retrucou Nemecsek com orgulho.

— Que foi?

— Ele gritou: "Você não tem medo, Nemecsek?".

Aí o lourinho engoliu em seco, por sentir que não dissera a pura verdade. Era, antes, o contrário da verdade, pois dava a impressão de que se conduzira com muita coragem, a ponto de espantar Chico Áts, o qual lhe teria perguntado, de tão surpreso: "Você não tem medo, Nemecsek?".

— E você não teve medo?

— Eu, não. Fiquei ao pé do forte. Mas ele desceu pelo outro lado e sumiu-se. Fugiu.

Geréb interrompeu-o:

— Não pode ser. Chico Áts nunca fugiu de ninguém.

Boka olhou para Geréb:

— Como? Está defendendo Chico Áts?

— Não é isso — disse Geréb um pouco mais baixo. — Mas não me parece provável que Chico Áts se assustasse com Nemecsek.

Todos riram. De fato, aquilo não parecia muito provável. Nemecsek, perturbado no meio do grupo, encolhia os ombros sem nada dizer. Mas Boka tomou a palavra:

— Rapazes, é preciso fazermos alguma coisa. Estava

anunciada para hoje a eleição do presidente. Pois elejamos o presidente, dando-lhe plenos poderes para que todos lhe cumpram as ordens incondicionalmente. É possível que as coisas degenerem em guerra, e então precisaremos de alguém para fazer planos como na guerra de verdade. Soldado, avance! Sentido! Prepare papeizinhos em número igual ao dos presentes para cada um escrever neles o nome de seu candidato. Os papéis serão jogados num chapéu. Quem tiver o maior número de votos será proclamado presidente.

— Viva! — gritaram todos.

E Csónakos, levando dois dedos à boca, assobiou como uma debulhadora. Procuraram livrinhos de notas para deles tirar papéis, e Weiss sacou do lápis. Nesse ínterim dois rapazes disputavam a honra da escolha do chapéu. Kolnay e Barabás, que nunca se entendiam, quase chegaram à luta corporal por esse motivo. O primeiro disse que o chapéu do outro não servia por estar sebento; este, por sua vez, afirmou que o do primeiro era mais sebento ainda. Imediatamente resolveram fazer um exame do sebo. Cada um pegou do canivete e pôs-se a limpar a fita de couro interna do chapéu do outro. Mas nesse entretempo Csele ofereceu o seu lindo chapéu preto para aquele serviço de utilidade pública. Ora, em matéria de chapéu, Csele levava vantagem a todos.

Entretanto Nemecsek, para surpresa geral, em vez de distribuir os papéis, aproveitou aquele momento de atenção voltada para ele, avançou com os papéis nas mãozinhas sujas, pôs-se em posição de sentido e disse em voz trêmula:

— Capitão, por favor, não é justo que eu seja o único soldado raso aqui... Desde que fundamos a sociedade todos foram promovidos; só eu fiquei como soldado raso... todos mandam em mim... Sou eu quem deve fazer tudo... e... e...

Aí ele se comoveu, e grossas lágrimas começaram a descer-lhe pelas faces.

Csele disse altivo:

— Está chorando! Deve ser expulso.

Outro lançou:

— Choramingas!

Todos riram. Foi a conta. Nemecsek sentiu imensa amargura e não conteve mais as lágrimas.

— Pois bem, olhem... no Livro Negro... também... sou... sou sempre eu quem está... anotado... Eu... eu sou o cachorro...

Boka disse tranquilo:

— Se você não para imediatamente de berrar, não poderá mais vir aqui. Não queremos negócio com fedelhos.

Essa palavra surtiu efeito. Nemecsek assustou-se, coitadinho, e aos poucos cessou de chorar. Então o capitão deitou-lhe uma das mãos no ombro:

— Se você se comportar bem e se distinguir, até maio pode ser promovido a oficial. Por enquanto, tem de continuar como soldado raso.

Os outros o aprovaram, pois, se Nemecsek fosse promovido imediatamente, o exército perdia toda a graça. Não haveria mais a quem dar ordens. Ouviu-se a voz áspera de Geréb:

— Soldado, aponte este lápis.

Deu-lhe o lápis de Weiss, cuja ponta se quebrara no bolso entre as bolas de gude. E o soldado, obediente, pegou do lápis, fez continência com as faces ainda banhadas de lágri-

mas e depois começou a fazer a ponta. Apontava choramingando, e dir-se-ia que daquela operação tão banal fez participar todas as dores, todas as amarguras de seu coraçãozinho:

— Está apontado, tenente.

Estendeu-lhe o lápis e soltou um grande suspiro, com o qual renunciava, por enquanto, a qualquer esperança de promoção.

Distribuíram os papeizinhos. Todos se apartaram, pois se tratava de uma resolução importante. Depois, o soldado recolheu os papéis no chapéu de Csele. Quando o chapéu chegou à vista de Barabás, ele deu um empurrão em Kolnay:

— Este também está sebento.

Kolnay olhou para o chapéu. E os dois sentiram que não tinham de se envergonhar do estado dos seus chapéus: se o de Csele também estava com sebo, era o fim do mundo.

Foi Boka quem leu os nomes votados, passando os papeizinhos para Geréb, que estava a seu lado. Havia catorze papéis. Ia lendo: João Boka, João Boka, João Boka. De repente leu: Desidério Geréb. Os outros trocaram um olhar. Era o papel de Boka, que por cortesia votava em Geréb. Vieram outros papéis com o nome de João Boka, depois mais um, e por fim um terceiro com o de Desidério Geréb. Assim, pois, Boka teve onze votos, Geréb três. Este sorriu com certo embaraço. Pela primeira vez surgia como rival declarado de Boka, e ficou satisfeito com aqueles três votos. Boka, por sua vez, sentiu decepção. Havia dois rapazes que não gostavam dele. Matutou um instante para ver quem seriam, mas depois se conformou e disse:

— Sou eu, pois, o vosso presidente eleito.

Aclamaram-no, e Csónakos deu outro assobio. Nemecsek ainda tinha lágrimas nos olhos, mas nem por isso deixou de aclamar Boka, de quem gostava muito.

O presidente pediu silêncio para falar:

— Muito obrigado. E agora, mãos à obra. Estão vendo, penso eu, que os camisas-vermelhas nos querem tomar o *grund* e a serraria. Ontem os Pásztor lhes confiscaram as bolas de gude, e hoje Chico Áts entrou aqui para nos tirar a nossa bandeira. Não tardará muito que venham enxotar-nos daqui. Pois bem, nós defenderemos este lugar.

Csónakos deu um grito:

— Viva o *grund*!

Os chapéus voaram, e todos gritaram bem alto, com o mesmo entusiasmo:

— Viva o *grund*!

Olharam para o terreno e para as pilhas de lenha, iluminadas pelo sol sereno da tarde primaveril. Via-se-lhes nos olhos que amavam aquele pedacinho de terra e estavam prontos a defendê-lo. Era uma espécie de patriotismo, como se, ao gritarem "Viva o *grund*!", tivessem gritado "Viva a pátria!". Os olhos brilhavam, os corações transbordavam.

— E antes mesmo que eles venham aqui — continuou Boka — nós é que iremos vê-los no Jardim Botânico!

Em outro momento talvez houvessem recuado ante um plano tão afoito. Mas naquele minuto de entusiasmo todos gritaram, a uma só voz:

— Iremos!

Como todos gritassem, Nemecsek também gritou, "Iremos!", embora para ele isto significasse apenas que seguiria atrás, carregando os capotes dos senhores oficiais. E uma voz avinhada veio também fazer-lhes eco do lado da serraria. Olharam para lá e viram o Eslovaco rindo com as folhas, sem tirar o cachimbo da boca, com Heitor ao lado. Os rapazes riram, e o Eslovaco imitou-os, jogando o chapéu para o ar e berrando:

— Iremo![8]

O programa oficial estava esgotado: podia vir o jogo. Um deles berrou com altivez:

— Soldado, vá ao depósito e traga a pela e as raquetas.

Nemecsek correu ao depósito, que ficava debaixo de uma pilha de lenha. Deitou-se de bruços e retirou a pela e as raquetas. Ao lado da pilha, Kende e Kolnay estavam submetendo ao exame do sebo o chapéu do Eslovaco, que assistiu à experiência. Decididamente, ele levava vantagem a todos.

Boka dirigiu-se a Geréb:

— Você também recebeu três votos.

— Sim — disse Geréb com orgulho, fitando-o firme nos olhos.

[8] Os eslovacos, cuja língua é eslava, tendem a falar húngaro com sotaque. [N.A.]

3

Na tarde do dia seguinte, após a aula de estenografia, o plano de campanha estava pronto. A aula terminou às cinco. Na rua já estavam acendendo os lampiões. Ao sair do colégio, Boka disse aos companheiros:

— Antes de atacarmos, mostraremos que somos tão corajosos quanto eles. Eu mesmo irei ao Jardim Botânico, acompanhado dos dois mais corajosos entre vocês. Penetraremos na ilha deles e fixaremos numa árvore este papel.

Sacou do bolso um pedaço de papel vermelho em que se lia todo em maiúsculas:

OS RAPAZES DA RUA PAULO
ESTIVERAM AQUI!

Os demais olhavam para aquele papel com verdadeiro

OS RAPAZES
DA RUA PAULO
ESTIVERAM
AQUI!

fervor. Csónakos, que não aprendia estenografia, mas que viera atraído pela curiosidade, observou:

— Deveríamos acrescentar algum palavrão.

Boka sacudiu a cabeça:

— Absolutamente. Nem mesmo faremos coisa semelhante ao que fez Chico Áts quando nos arrancou a bandeira. Nós nos limitaremos a mostrar-lhes que não temos medo deles e temos a coragem de penetrar no lugar onde eles se reúnem e guardam as armas. Este papelzinho vermelho é o nosso cartão de visita que lhes deixaremos.

Csele deu um palpite:

— Olhe, eu ouvi dizer que a esta hora eles costumam estar na ilha e brincar de pega-ladrão.

— Tanto faz. Chico Áts veio também numa hora em que julgava que a gente estivesse no *grund*. Quem tiver medo não venha comigo.

Mas ninguém tinha medo. Nemecsek até se mostrava decididamente afoito. Via-se que procurava distinguir-se para obter a promoção. Adiantou-se com altivez:

— Irei com você.

Perto do colégio ele não tinha a obrigação de colocar-se em posição de sentido e fazer continência, pois as leis só vigoravam no *grund*. Fora dali todos eram iguais. Csónakos avançou, por sua vez:

— Eu também.

— Promete que não assobiará?

— Prometo. Mas então... só agora, deixe-me dar um último assobio!

— Está certo, pode assobiar.

Csónakos, entusiasmado, deu um silvo enorme que fez voltarem-se os transeuntes.

— Por hoje, estou com a dose esgotada — disse, feliz.

— E você não vem?

— Que posso fazer? — disse Csele com tristeza. — Não posso ir, pois devo estar em casa às cinco e meia. Mamãe sabe quando acaba a aula de estenografia. Se me atrasasse, ela seria capaz de não me deixar mais sair.

A ideia aterrou-o. Seria o fim de tudo: das reuniões no *grund*, da sua patente de oficial.

— Está certo, vá para casa. Levarei Nemecsek e Csónakos. E amanhã de manhã, no colégio, lhes contarei tudo.

Apertaram as mãos. De repente Boka lembrou-se de alguma coisa:

— Digam, será que Geréb não veio hoje à aula de estenografia?

— Não.

— Estará doente?

— Não me parece. Ao meio-dia voltamos juntos, e ele não tinha nada.

Boka não gostou do jeito de Geréb. Tinha mesmo suspeitas em relação a ele. Na véspera, ao se despedir, fitara-o com um olhar tão esquisito! Parecia sentir que enquanto Boka permanecesse no grupo ele não seria nada. Estava com ciúmes. Julgava-se muito superior a Boka, cujo feitio calmo, sisudo, inteligente, não lhe agradava: ele tinha muito mais sangue, mais audácia.

"Sei lá!", disse consigo mesmo.

E partiu com os dois amigos. Csónakos ia ao seu lado,

muito sério. Quanto a Nemecsek, estava feliz, sentia-se num mar de rosas: podia, enfim, participar de uma aventura interessante e num grupo assim tão reduzido. A sua alegria acabou provocando uma censura de Boka:

— Não banque o tolo, Nemecsek. Estará pensando que a gente vai divertir-se? Esta excursão é bem mais perigosa do que você pensa. Lembre-se dos Pásztor!

Esta palavra acabou de vez com o bom humor do lourinho. Chico Áts era, decerto, um sujeito terrível; diziam até que fora expulso da Escola Técnica. Era um rapaz forte e incrivelmente audacioso. Mas tinha nos olhos algo de simpático e gentil que faltava nos olhos dos Pásztor. Estes andavam sempre cabisbaixos, com ar casmurro e olhar investigador — a tez escura, muito crestada pelo sol —, e nunca ninguém os tinha visto rir. Eram mesmo temíveis.

Os três rapazes avançavam depressa pela avenida de Üllö, comprida que não acabava mais. Anoitecera cedo, a escuridão era completa e os lampiões já estavam acesos. Os rapazes, que de costume saíam para seus brinquedos logo depois do almoço, ficaram enervados pelo insólito da hora. Em regra geral, eles não saíam à rua àquela hora, mas passavam o tempo em casa a estudar. Andavam sem trocar palavra. Ao cabo de uns quinze minutos chegaram ao Jardim Botânico. De trás da parede, as grandes árvores, que principiavam a cobrir-se de folhas, faziam-lhes sinais ameaçadores. Entre a ramagem o vento zunia. Ao verem diante de si o enorme jardim escuro e misterioso por trás da porta fechada, e ao ouvirem o sussurro estranho, sentiam o coração bater mais forte. Nemecsek fez menção de tocar a campainha.

— Pelo amor de Deus, não toque! — disse-lhe Boka. — Ficariam sabendo que estamos aqui! Ou então nos encontrariam no caminho. Aliás, nem nos abririam o portão.

— E como é que entramos?

Boka indicou o muro com um piscar de olhos.

— Por cima do muro?

— Por cima do muro.

— Aqui em plena avenida?

— Não, do lado de trás. Daremos a volta. Lá o muro é muito mais baixo.

Engolfaram-se na escura ruazinha lateral, onde o muro de pedra era continuado por uma cerca de tábuas. Ladeando-a à procura de um lugar apropriado, pararam num trecho não iluminado pelos lampiões. Do outro lado da cerca, e imediatamente junto a ela, havia uma grande acácia.

— Se treparmos aqui, não será difícil descer pela acácia. Ela tem ainda a vantagem de nos servir de mirante; do alto dela poderemos ver se eles não andam aí por perto.

Os dois outros estavam de acordo, e puseram imediatamente mãos à obra. Csónakos acocorou-se com as mãos encostadas à cerca, Boka subiu-lhe cautelosamente nos ombros e deitou um olhar por cima das tábuas, tudo isto no silêncio mais absoluto. Depois de verificado que não havia ninguém por perto, Boka fez um sinal com a mão. Nemecsek segredou ao ouvido de Csónakos:

— Levante-o.

Csónakos levantou o presidente. Este se empoleirou na cerca, que, velha e carcomida, começou a dar estalos.

— Pule — cochichou Csónakos.

Mais um ou dois estalos, e logo depois um baque surdo: Boka tinha caído no meio de um canteiro de hortaliças. Depois foi a vez de Nemecsek e, por fim, a de Csónakos. Este, porém, subiu primeiro à acácia, coisa de que entendia, pois era do campo. Os dois outros perguntaram-lhe de baixo:

— Está vendo alguma coisa?

Csónakos respondeu do alto com voz abafada:

— Muito pouco: está muito escuro.

— Está vendo a ilha?

— Estou.

— Vê alguém?

Csónakos se curvou no meio dos galhos para um e outro lado, e olhou com atenção extrema para o lago:

— Na ilha não se vê nada, por causa das árvores e das moitas; mas na ponte...

Calou-se, subiu mais alto e continuou:

— Agora estou vendo. Na ponte há duas pessoas.

Boka disse baixinho:

— Estão lá. O que você está vendo na ponte são as sentinelas.

Os galhos estalaram novamente: Csónakos desceu da árvore. Durante alguns segundos os três permaneceram calados, meditando sobre o que deviam fazer; depois, agachados atrás de uma moita para não serem descobertos, puseram-se a discutir a situação em voz baixa.

— O que me parece mais acertado — disse Boka — é avançarmos abrigados pelas moitas até chegarmos às ruínas do castelo. Vocês sabem, há umas ruínas ali, à direita, encostadas num morro.

Os dois outros acenaram com a cabeça, indicando que as conheciam.

— Podemos chegar às ruínas curvados entre as moitas. Quando estivermos lá, um de nós subirá ao morro para examinar o terreno. Se não houver ninguém, desceremos do morro, de rastos, até a beira do lago. Lá, nos esconderemos no canavial e veremos o resto.

Dois pares de olhos brilhantes estavam fixos em Boka. As palavras deste eram sagradas para Csónakos e Nemecsek. Boka perguntou-lhes:

— Está certo?

— Está — responderam ambos.

— Então para a frente! É só seguir no meu rasto: conheço o caminho.

E pôs-se a avançar de gatinhas por entre as moitas baixas. Mal os seus dois companheiros se curvaram para fazer o mesmo, um assobio comprido e agudo ressoou ao longe.

— Viram-nos! — exclamou Nemecsek, erguendo-se de um pulo.

— Deite-se! — ordenou Boka.

E os três caíram de bruços. Aguardavam, contendo a respiração, o que ia acontecer. Estariam mesmo descobertos?

Mas ninguém apareceu; só o vento silvava no arvoredo. Boka cochichou:

— Nada.

Outro assobio cortante atravessou o ar. Aguardaram mais uns minutos, mas ninguém veio. Nemecsek tremelicava ao pé de uma moita:

— Deveríamos espiar do alto da árvore.

– Tem razão. Csónakos, trepe na acácia.

Como um gato, Csónakos galgou a árvore num instante.

– Que é que vê?

– Vejo umas figuras andando na ponte... são quatro... Agora duas voltaram à ilha.

– Tudo está certo – declarou Boka, tranquilizado. – Desça. Os assobios queriam dizer que estavam rendendo as sentinelas da ponte.

Csónakos desceu, e os três partiram, engatinhando, em direção ao morro. A essa hora o silêncio tomava conta do grande e misterioso jardim. Os visitantes do dia saem ao toque da campainha, e não fica mais ninguém a não ser quem alimente más intenções ou quem prepare planos de campanha como aquelas três figurinhas que se esgueiravam que nem bolas, de uma moita a outra. Não falavam, de tão compenetrados da importância da sua missão. Para dizer a verdade, não estavam totalmente isentos de medo. Era preciso uma boa dose de audácia para penetrar na fortaleza bem protegida dos camisas-vermelhas, situada numa pequena ilha, cujo único acesso, a ponte de madeira, estava ocupado por guardas.

"Talvez sejam exatamente os Pásztor", pensou Nemecsek, lembrando-se das lindas bolas de gude, de cores diferentes, algumas até de vidro. Ainda sentia raiva ao pensar que a horrível palavra *einstand* fora pronunciada no momento preciso em que ele, com o seu lance, ia ganhá-las todas...

– Ai! – gritou de repente.

Os dois outros estacaram, assustados.

Nemecsek já estava de joelhos, com um dos dedos metido na boca:

— Que foi?

O lourinho nem tirou o dedo da boca:

— Meti a mão num pé de urtiga.

— Vá chupando o dedo, velhinho — disse Csónakos.

Mas teve a iniciativa de cobrir uma das próprias mãos com o lenço.

Rojando-se pelo chão, alcançaram o morro. Num dos lados deste havia, já sabemos, umas ruínas artificiais, dessas que se costuma construir nos grandes parques, imitando cuidadosamente o estilo dos castelos antigos, plantando musgos nos interstícios das pedras.

— Chegamos às ruínas — disse Boka. — É preciso termos todo o cuidado, pois ouvi dizer que os camisas-vermelhas costumam dar uma chegada até aqui.

— Que castelo é este? — perguntou Csónakos. — Na história não ouvimos falar em nenhum castelo no Jardim Botânico...

— São apenas ruínas. Foram construídas logo assim.

Nemecsek achou graça.

— Podiam ter logo construído um castelo novo — disse a rir. — Daqui a cem anos acabaria em ruínas da mesma forma.

— Você está de bom humor! — disse Boka. — Mas quando os Pásztor o olharem bem nos olhos, perderá a vontade de brincar.

Essa lembrança fez torcer a cara ao pequeno Nemecsek. Ele tinha uma tendência natural para esquecer-se do perigo: era preciso que lho lembrassem.

Entraram a subir por entre os buxos, agarrando-se às ruínas. Desta vez era Csónakos quem ia na frente. De repente parou, de gatinhas como estava, levantou a mão direita, virou-se e declarou, amedrontado:

— Alguém anda por aqui.

Esconderam-se na relva alta. A vegetação abundante dissimulava-os bem; só os olhos brilhavam atentos entre as moitas.

— Encoste um ouvido no chão, Csónakos — ordenou baixinho Boka. — É como fazem os índios. Assim se ouve facilmente se alguém se aproxima.

Csónakos obedeceu. Debruçou-se no chão e encostou a orelha num trecho onde não crescia relva. Mas levantou-a imediatamente.

— Estão aqui — cochichou aterrado.

Mesmo sem recorrer ao método indígena ouvia-se que alguém andava entre as moitas. E esse misterioso alguém, de que por enquanto nem ao menos se sabia se era gente ou bicho, avançava exatamente na direção deles. Os rapazes assustaram-se e esconderam a cabeça na relva. Nemecsek disse num gemido abafado:

— Gostaria de ir para casa.

Mas Csónakos não perdera o seu bom humor.

— Cosa-se ao chão, velhinho — segredou-lhe.

Mas, como nem isso bastasse para infundir coragem a Nemecsek, Boka levantou a cabeça e, com os olhos fuzilando de cólera, baixinho para não se trair, ordenou-lhe:

— Soldado, esconda-se na relva!

Nemecsek não pôde deixar de obedecer. Nesse ínterim o caminhante misterioso continuava a pisar, mas como quem mudasse de rumo, e não mais se aproximasse deles. Boka soergueu-se e olhou em redor. Viu uma figura escura a descer do morro, mexendo nas moitas com a bengala.

— Foi-se — disse aos dois outros. — Era o guarda.

— O dos camisas-vermelhas?

— Não; o do Jardim Botânico.

Soltaram um suspiro de alívio. Adulto nenhum lhes metia medo. Prova disso era o veterano de nariz verrugoso do parque do Museu, que não podia com eles. Continuaram a rastejar, mas o guarda parou, apurando os ouvidos. Parecia ter percebido algo.

— Estamos descobertos — balbuciou Nemecsek.

Ambos olharam para Boka, aguardando-lhe as ordens.

— Escondamo-nos entre as ruínas — ordenou ele.

Os três desceram em debandada o morro, aonde haviam subido pouco antes com tamanha precaução. As ruínas tinham pequenas janelas em ogiva. Verificaram com espanto que a primeira delas estava protegida por uma grade. A segunda, da mesma forma. Por fim, encontraram entre as pedras uma fenda por onde se puderam esgueirar a custo para o interior. Esconderam-se na cela escura, contendo a respiração. A silhueta do guarda passou diante das janelas. Ao cabo de um minuto viram-na dirigir-se para o lado da avenida, onde tinha a sua casinha.

— Graças a Deus — disse Csónakos. — Dessa estamos livres.

Puseram-se a examinar o local escuro onde se encontravam. O ar estava úmido e cheirava a mofo, como se estivessem na adega de um castelo de verdade. Avançando às apalpadelas, Boka tropeçou em alguma coisa. Curvou-se e apanhou-a. Os dois amigos juntaram-se a ele, e à luz fraca do crepúsculo constataram que era um *tomahawk*, isto é, uma espécie de machadinha, usada pelos índios segundo o testemunho dos romances. Talhada em madeira e coberta de papel de estanho, aquilo reluzia nas trevas de maneira impressionante.

— É deles! — observou Nemecsek, comovido.

— Sem dúvida — respondeu Boka —, e onde há um deve haver outros.

Puseram-se a procurar, e num dos cantos encontraram mais sete machadinhas. Daí foi fácil concluir que os camisas-vermelhas eram em número de oito. Devia ser aquele o seu depósito de armas. Csónakos sugeriu que levassem consigo os oito *tomahawks* como presa de guerra.

— Não — disse Boka. — Não faremos isto. Seria um simples roubo.

Csónakos envergonhou-se.

— Então, velhinho? — disse-lhe Nemecsek implicando.

Mas uma leve cotovelada de Boka fê-lo calar:

— Não percamos tempo. Vamos sair daqui e subir ao morro. Não quero chegar à ilha quando lá não houver mais ninguém.

Essa observação arrojada voltou a despertar neles o espírito de aventura. Espalharam as machadinhas pelo chão para que se visse que alguém passara por ali, saíram pela fenda e, retomando coragem, voltaram a subir o morro às pressas. De lá se enxergava até longe. Boka sacou de um dos bolsos um embrulhozinho, desenrolou o papel de jornal e retirou dele um pequeno binóculo de madrepérola.

— É o binóculo de teatro da irmã de Csele — explicou, levando-o aos olhos.

Mesmo a olho nu, porém, se avistava a ilha. Em torno dela reluzia o pequeno lago onde se criam as plantas aquáticas e cujas margens são cobertas de caniços e ervas. Entre as árvores frondosas e as moitas altas da ilha distinguia-se um ponto luminoso; ao vê-lo ficaram sérios.

— Ei-los! — disse Csónakos em voz baixa.

Nemecsek gostava era da lâmpada.

— Eles têm até uma lâmpada! — notou.

O ponto luminoso andava num vaivém, ora desaparecendo atrás de uma moita, ora reaparecendo na costa. Alguém devia andar com a lâmpada.

— Parece-me — observou Boka, que por nada no mundo teria afastado o binóculo dos olhos — que se estão preparando para alguma coisa. Talvez estejam fazendo um exercício noturno... ou então...

De repente calou-se.

— Que há? — perguntaram os dois outros, ansiosos.

— Deus do Céu! — exclamou Boka, sem tirar os olhos do binóculo. — Aquele que leva a lâmpada... é...

— Quem é? Diga.

— Parece um conhecido... será que...

Subiu um pouco para ver melhor, mas a luz desapareceu atrás de uma moita. Boka abaixou o binóculo.

— Sumiu-se — disse baixinho.

— Quem era?

— Não posso dizer. Não o vi bem, e, quando ia observá-

-lo melhor, desapareceu. Enquanto não tiver certeza, não quero suspeitar de ninguém...

— Será um dos nossos?

O presidente respondeu com tristeza:

— Parece que sim.

— Mas isto é uma traição! — gritou Csónakos bem alto, esquecido de que deviam permanecer em silêncio.

— Cale-se! Quando lá chegarmos, saberemos tudo. Tenha um pouco de paciência.

Agora a curiosidade também os impelia para a frente. Boka não queria dizer com quem se parecia o carregador da lâmpada. Csónakos e Nemecsek procuravam adivinhá-lo, mas o presidente lhes impôs silêncio, dizendo que não se devia suspeitar de ninguém. Desceram do morro com impaciência e prosseguiram de gatinhas rumo ao lago, sem reparar sequer quando um espinho, um pé de urtiga ou um seixo pontiagudo lhes esfolava a mão. Calados, rastejavam depressa. Por fim chegaram à beira do misterioso lago.

Aí puseram-se em pé, pois os caniços e as moitas eram bastante altos para escondê-los. Boka deu ordens com sangue-frio:

— Deve haver um barco por aí. Eu vou buscá-lo, com Nemecsek, pela direita; você, Csónakos, vá pela esquerda. Quem o encontrar primeiro, aguarda o outro.

Separaram-se. Ao cabo de alguns passos, Boka enxergou o barco entre os caniços:

— Esperemos.

Sentaram-se à margem à espera de que Csónakos desse a volta do lago, e olharam para o céu estrelado, apurando o ouvido para ver se pegavam algum fragmento de conversa vinda da ilha. Nemecsek quis mostrar-se esperto.

— Escute — disse a Boka. — Vou colocar a orelha no chão.

— Deixe a orelha em paz — disse-lhe Boka. — À beira da água, isto seria inútil. Mas se nos inclinarmos sobre a água, ouviremos melhor. Vi pescadores, no Danúbio, conversarem uns com outros por cima do rio. À noite a água transporta a voz otimamente.

Debruçados sobre o lago, ouviram com efeito um ruído que parecia de conversa, mas não conseguiram distinguir palavras. Nesse ínterim Csónakos apareceu e anunciou com desapontamento:

— Não há barco em parte alguma.

— Calma, velhinho — disse-lhe Nemecsek. — Console-se: nós já o encontramos.

Rumaram para o barco:

— Vamos embarcar?

— Sim, mas não aqui. Primeiro rebocaremos o barco para o ponto mais afastado da ponte, para ficarmos longe dela, se nos descobrirem. Atravessaremos o lago pelo lado oposto à ponte, para que eles tenham de dar uma boa volta se nos quiserem apanhar.

Essa manifestação de prudência agradou a ambos os companheiros. A ideia de terem como chefe um rapaz tão inteligente e tão bom calculador enchia-os de coragem. Boka perguntou:

— Quem tem barbante?

Csónakos tinha barbante. Nos bolsos de Csónakos havia

de tudo. Não há armarinho com sortimento mais completo. Havia ali canivete, barbante, bolas de gude, maçaneta de cobre, pregos, trapos, livrinho de notas, chave de fenda, sabe Deus o que mais. Estendeu o barbante a Boka, e este o prendeu na argola da proa. Depois, puseram-se a rebocar o barco, com muito vagar e cuidado, para o lado oposto da ilha, que observavam atentamente durante toda a operação. Ao atingirem o lugar onde pretendiam embarcar naquela condução escangalhada, ouviram de novo o assobio de há pouco. Mas desta vez não se assustaram mais. Sabiam que aquilo era o sinal para render as sentinelas. Por outro lado, sentiam-se no mais aceso da luta; já não se assustariam tão facilmente. Na verdadeira guerra, com os soldados de verdade, dá-se o mesmo. Enquanto não veem o inimigo, têm medo até das moitas do caminho. Mas quando as primeiras balas lhes passam, assobiando, perto do ouvido, criam coragem, sentem-se como que embriagados e esquecem que estão correndo para a morte.

Os rapazes embarcaram. Boka foi o primeiro a entrar no barco; depois, Csónakos. Nemecsek avançava com timidez no chão lodoso.

— Vamos, velhinho, apresse-se — disse-lhe Csónakos.

— Vou já, velhinho — respondeu Nemecsek.

Mas escorregou, agarrou-se num caniço delgado e, sem dizer água vai, caiu no lago. Mergulhou até o pescoço, mas não se atreveu a gritar.

Logo depois, reergueu-se imediatamente na água pouco profunda. Era bem ridículo assim, gotejando água por todos os poros e apertando convulsivamente o caniço, delgado feito uma caneta.

Csónakos não pôde conter o riso.

— Você bebeu, velhinho? — perguntou-lhe numa gargalhada.

— Absolutamente — replicou o lourinho com ar assustado.

E gotejante, coberto de lodo, sentou-se no barco. Ainda estava pálido do susto que levara.

— Não pensava que hoje ainda ia tomar banho — acrescentou.

Mas não havia tempo a perder. Boka e Csónakos pegaram nos remos e com um empurrão puseram o barco em movimento. A embarcação pesada avançou com preguiça, encrespando em volta a água tranquila. Tornaram a mergulhar os remos cautelosamente. O silêncio era tamanho que se ouvia bem nítido o bater de dentes de Nemecsek, que tremelicava na proa. Ao cabo de alguns segundos o barco estacou de encontro à costa da ilha. Seus ocupantes desembarcaram com agilidade e agacharam-se imediatamente atrás de uma moita.

— Aqui estamos — disse Boka.

E pôs-se a avançar pela margem, de gatinhas, seguido dos outros dois.

— Alto lá! — disse, virando-se de chofre. — Não podemos deixar o barco. Se eles o descobrirem, não sairemos mais daqui, pois a ponte está ocupada pelas sentinelas. Csónakos, você fique perto do barco: seu nome é indicado para isto.[1] Se

[1] *Csónakos*, em húngaro, significa *barqueiro*. [P.R.]

alguém o descobrir, bote os dedos na boca e dê o maior assobio que puder. Nós então voltaremos correndo, nos atiraremos dentro do barco, e você o empurrará.

Csónakos voltou de má vontade, consolando-se apenas com a secreta esperança de poder dar um daqueles seus assobios...

Boka ia avançando, seguido do lourinho, ao longo da costa. Onde a vegetação era alta, levantavam-se e caminhavam de corpo erguido. Por fim, pararam junto a uma moita. Empurrando a folhagem para um lado, puderam ver a clareira do centro da ilha, e nela o terrível grupo dos camisas-vermelhas. Nemecsek sentiu o coração bater-lhe mais forte e aconchegou-se ao amigo.

— Não tenha medo — cochichou-lhe o presidente.

No centro da clareira havia uma grande pedra, sobre a qual estava colocada a lâmpada. Em redor da lâmpada, os camisas-vermelhas, acocorados. Com efeito, todos vestiam camisa vermelha. Perto de Chico Áts viam-se os dois Pásztor, e, ao lado do mais velho, alguém que não vestia camisa esporte vermelha...

Boka sentiu que o lourinho estava tremendo.

— Olhe... — cochichou Nemecsek, sem conseguir acrescentar nenhuma outra palavra — olhe... olhe...

Finalmente chegou a articular:

— Está vendo?

— Estou vendo — respondeu Boka, triste.

No meio dos camisas-vermelhas estava Geréb. Boka não se enganara, pois, ao reconhecê-lo. Era ele quem ia e vinha com a lâmpada na mão. Agora os dois observavam o grupo com atenção dobrada. A lâmpada destacava com uma luz estranha o rosto trigueiro dos Pásztor e as camisas vermelhas dos demais. Somente Geréb falava. O que expunha em voz baixa devia interessar profundamente aos outros, pois todos o ouviam atentos, curvados para a frente. No profundo silêncio da noite os dois rapazes da rua Paulo também ouviam as palavras de Geréb.

— O *grund* tem duas entradas — dizia ele. — Pode-se entrar pela rua Paulo, mas é difícil, pois, de acordo com a lei, aquele que entra deve aferrolhar o portão. A outra entrada é na rua Maria. Aí o portão da serraria está escancarado, e, passando por entre as pilhas, chega-se ao *grund*. Lá a dificuldade está nos fortes que há no alto dc algumas pilhas.

— Sei — disse Chico Áts, numa voz de baixo que fez estremecer os da rua Paulo.

— Deve saber, pois esteve lá — continuou Geréb. — Nos fortes há sentinelas que dão o sinal logo que alguém se aproxima por entre as pilhas. Também não lhes recomendaria que entrassem por esse lado...

Assim, os camisas-vermelhas iam assaltar o *grund*...

— O que me parece melhor — prosseguiu Geréb — é combinarmos a hora em que vocês deverão chegar. Eu entrarei no *grund* por último e deixarei a portinha aberta. Não a aferrolharei.

— Está certo — disse Chico Áts. — Por nada neste mundo quero ocupar o *grund* quando lá não houver gente. Faremos a guerra segundo as regras. Se conseguirem defender o *grund*, melhor para eles. Senão, ocupá-lo-emos e plantaremos lá a nossa bandeira vermelha. Não o fazemos por avidez, vocês bem sabem...

— Pois é — acudiu um dos Pásztor. — Fazemo-lo para termos um lugar onde jogar pela. Aqui não é possível, e na rua Eszterházy é preciso sempre brigar pelo espaço... Precisamos de um terreno para jogar pela, e acabou-se.

Assim, decidiram a luta por motivo semelhante ao que desencadeia as guerras de verdade. Os russos precisavam de mar, por isso atacaram os japoneses.[2] Os camisas-vermelhas precisavam de um terreno para jogar pela, e, como não havia outro jeito, iam recorrer à guerra.

— Está combinado, então — falou Chico Áts, o chefe dos camisas-vermelhas. — Você deixará aberto o portão da rua Paulo.

— Sim! — concordou Geréb.

Aquilo era demais para Nemecsek. O lourinho, coitado, de roupa gotejante e com os olhos esbugalhados observava os camisas-vermelhas em volta da lâmpada, e, no meio deles, o traidor. Sentia-se tão aflito que, ao ouvir aquele "sim", com o qual Geréb entregava o *grund*, desatou a chorar. Abraçou-se ao pescoço de Boka e, chorando baixinho, repetiu, sem poder ir adiante:

— Sr. Presidente... Sr. Presidente... Sr. Presidente...

Boka afastou-o com ternura:

[2] Alguns críticos situam a trama na década de 1880, mas a menção aqui, claramente anacrônica, é à guerra russo-japonesa de 1904, ou seja, que ocorreu pouco antes da publicação do livro. [N.A.]

— Choro agora não adianta.

Mas sentia-se, ele próprio, sufocado. Era um caso bem triste o de Geréb.

De repente, a um aceno de Chico Áts, os camisas--vermelhas levantaram-se.

— Vamos para casa — disse o chefe. — Todos têm a sua arma?

— Sim — disseram todos a uma voz.

E apanharam na terra suas compridas lanças de pau com uma bandeirinha vermelha na ponta.

— Avante! — ordenou Chico Áts. — Ensarilhar armas!

Todos se puseram a caminho para o interior da ilha. Geréb foi com eles. A clareira ficou vazia, com a pedra no meio e a lâmpada acesa em cima da pedra. Ouviram-se-lhes os passos ao se afastarem para esconder as lanças no meio da mata.

Boka mexeu-se.

— Agora — segredou a Nemecsek, sacando do bolso o papelzinho vermelho, no qual já estava colocado um percevejo.

Afastou os ramos da moita para um lado e disse ao lourinho:

— Espere aqui. Não se mexa.

E de um pulo avançou para o centro da clareira, onde os camisas-vermelhas conversavam havia um minuto. Nemecsek olhava-o contendo a respiração. Antes de tudo, dirigiu-se, correndo, à grande árvore na extremidade oposta da clareira, a qual com a sua ramagem cobria toda a ilha como um grande guarda-sol. Num abrir e fechar de olhos pregou o papel no tronco, aproximou-se da lâmpada na ponta dos pés, abriu uma das janelinhas laterais e com um sopro apagou a luz. Nesse instante Nemecsek perdeu-o de vista; mas seus olhos mal se tinham adaptado à escuridão, e Boka já estava a seu lado e o pegava pelo braço:

— Corra com toda a força!

Deitaram a correr em direção ao barco. Ao vê-los aproximarem-se, Csónakos saltou na embarcação e apoiou um dos remos às costas para poder sair a qualquer momento. Os dois outros pularam no barco.

— Avante! — disse Boka ofegando.

Csónakos apoiou-se no remo com toda a força, mas o barco não se mexeu. Tinham aportado com arrojo excessivo e metade do barco estava fora da água. Alguém tinha de sair, levantar a proa e dar-lhe um empurrão. Nesse momento, porém, ouviram vozes do lado da clareira... Ao voltarem do depósito de armas, os camisas-vermelhas encontraram a lampadazinha apagada. A princípio julgaram ter sido o vento, mas Chico Áts notou a janelinha aberta.

— Alguém andou por aqui! — berrou, em sua voz grossa, com tamanha força que os três meninos da rua Paulo, que continuavam lidando com o barco, o ouviram também.

Acenderam a lâmpada, e o papel vermelho no tronco da árvore lhes deu imediatamente nos olhos: "Os rapazes da rua Paulo estiveram aqui". Os camisas-vermelhas entreolharam-se. Chico Áts berrou de novo:

— Se estiveram aqui, quer dizer que ainda estão. Peguemo-los!

Deu um grande assobio. As sentinelas correram e declararam que ninguém pudera entrar pela ponte.

— Vieram de barco — disse o mais moço dos Pásztor.

Os três ouviram assustados o grito que lhes dizia respeito:

— Peguemo-los!

No instante em que ressoou essa ordem, Csónakos conseguiu empurrar o barco e saltar para dentro dele. Pegaram nos remos, e com toda a força rumaram para a margem oposta. Chico Áts gritava ordens:

— Wendauer, trepe na árvore para espiar. Vocês dois, Pásztor, corram pela ponte e deem a volta no lago, um pela esquerda, outro pela direita!

Parecia que estavam cercados. Antes que dessem as quatro ou cinco remadas para chegar à costa, os Pásztor, que corriam tão depressa, dariam a volta ao lago; e se chegassem a terra antes deles, Wendauer, do alto da árvore, os espiaria e orientaria a perseguição. Viam Chico Áts percorrendo a costa da ilha com a lampadazinha na mão. Ouvia-se um tropel: eram os passos dos Pásztor sobre a ponte de tábuas...

Mas, quando Wendauer chegou ao cimo da árvore, eles já haviam atingido a costa.

— Estão desembarcando! — berrava uma voz do alto da árvore.

E a voz grossa do chefe fez-lhe eco imediatamente:

— Todos no encalço deles!

Os três meninos já estavam correndo com a língua de fora.

— Não nos deixemos pegar — disse Boka, enquanto corriam. — São em número muito maior.

Iam correndo através de caminhos e canteiros, em direção da estufa de plantas.

— À estufa! — disse Boka, arfando.

E correu à portinha da galeria envidraçada. Esta, felizmente, estava aberta. Enfiaram-se por ela e esconderam-se atrás de uns ciprestes altos. Lá fora, tudo silencioso. Parecia que os perseguidores tinham perdido o rasto.

Os três meninos tomaram fôlego. Olharam em redor naquela construção estranha, por cujo telhado e paredes de vidro se infiltrava a pálida luz da noite urbana. Era um lugar bem curioso. Encontravam-se na ala esquerda da estufa; havia ainda uma parte central e uma ala direita.

Ao longo das paredes viam-se árvores de folhas enormes e gordo tronco em grandes vasilhas verdes, fetos e mimosas em compridos caixotes. Debaixo da grande cúpula da parte central havia uma verdadeira floresta de plantas tropicais, entre elas palmeiras com as folhas em leque. No meio da floresta, uma bacia com peixes dourados e, ao lado dela, um banco. Depois magnólias, loureiros, laranjeiras, fetos enormes, uma porção de plantas de perfume forte e sufocante que saturavam a atmosfera com um cheiro de especiarias. A galeria estava aquecida a vapor e ouvia-se um incessante gotejar de pingos de água. As gotas caíam pesadas sobre as folhas gordas, e, cada vez que uma palmeira estremecia, os garotos tinham a impressão de ver a silhueta de algum animal exótico a correr por aquela esquisita floresta densa e quente, por entre as vasilhas verdes. Sentiam-se em segurança e começavam a perguntar a si mesmos quando sairiam dali.

— Tomara que não fechem a estufa — cochichou Nemecsek, que se tinha sentado, exausto, ao pé de uma palmeira alta.

Molhadinho como estava, sentia-se bem naquele local aquecido.

— Se ainda não a fecharam, não há motivo para que venham fechá-la agora — disse Boka para tranquilizá-lo.

Continuavam imóveis, apurando o ouvido. Silêncio completo. Ninguém se lembrara de procurá-los ali. Ao cabo de algum tempo, levantaram-se e puseram-se a passear, tateando, entre as prateleiras cheias de plantas, ervas odoríferas, grandes flores. Csónakos foi de encontro a uma prateleira e por um triz não caiu. Nemecsek quis mostrar-se prestativo.

— Espere — disse. — Vou arranjar luz.

E, antes que Boka pudesse impedi-lo, tirou uma caixinha do bolso e acendeu um fósforo. A luz rasgou a escuridão num átimo, mas extinguiu-se logo depois: Boka fez cair o fósforo, vibrando uma pancada na mão do lourinho.

— Idiota! — disse-lhe enfurecido. — Esquece que está numa estufa de paredes de vidro. Eles devem ter visto a luz.

Imobilizados, aguçaram os ouvidos. Boka tinha razão. Os camisas-vermelhas enxergaram efetivamente a luz que por um instante iluminara toda a estufa. Mais um minuto, e já lhes ouviam os passos rápidos sobre os seixos do caminho. Aproximavam-se da portinha da ala esquerda. Os três ouviram de novo a voz de general de Chico Áts:

— Os Pásztor, pela portinha da direita; Szebenics,[3] pela do meio; eu, por aqui!

Os meninos da rua Paulo esconderam-se num piscar de olhos. Csónakos deitou-se de bruços por baixo de uma prateleira. A Nemecsek, uma vez que já estava molhado, mandaram-

[3] Pronuncia-se *Sêbenitch*. [P.R.]

-no entrar na bacia dos peixes dourados. O lourinho mergulhou na água até o pescoço e escondeu a cabeça debaixo de uma grande folha de feto. Quanto a Boka, teve apenas o tempo de ocultar-se por detrás da porta aberta.

Chico Áts entrou com o seu séquito, a lampadazinha na mão. A luz desta caiu de tal maneira sobre a porta de vidro que Boka pôde ver bem a Chico, sem que este o enxergasse. Boka aproveitou a oportunidade para observar o chefe dos camisas-vermelhas, a quem só vira uma única vez, no parque do Museu. Era um bonito rapaz, e agora os olhos brilhavam-lhe de ardor belicoso. Mas desapareceu num instante. Percorreu com os companheiros toda a estufa. Na ala esquerda olharam até debaixo das prateleiras, mas nenhum deles se lembrou de examinar a bacia. O que salvou Csónakos foi uma observação do rapaz chamado Szebenics, o qual disse quando iam examinar a prateleira dele:

— Eles devem ter saído há muito pela porta da esquerda.

E, como ele se dirigisse para aquele lado, os outros foram atrás a correr através da estufa. Alguns baques fizeram adivinhar a falta de cuidado por parte deles com relação aos vasos. Depois saíram, e reinou de novo silêncio. Csónakos saiu também do seu esconderijo.

— Olhe, velhinho — disse —, caiu-me um vaso na cabeça. Estou cheio de terra...

E ia cuspindo a areia que lhe enchia a boca e o nariz. Logo depois Nemecsek emergiu da bacia, qual um monstro marinho. Coitadinho, deitava água novamente por todos os poros, e segundo seu costume queixou-se em voz chorosa:

— Será que passarei a vida toda na água? Sou algum sapo?

Sacudiu-se como um pequinês que tivesse levado um jato.

— Não choramingue — disse-lhe Boka. — Vamos, é tempo de acabarmos com esta excursão...

Nemecsek suspirou.

— Como gostaria de estar em casa!

Mas lembrou-se do acolhimento que teria quando lhe vissem os trajes molhados, e corrigiu-se logo:

— Aliás nem gostaria tanto!

Foram correndo para junto da acácia, pela qual tinham entrado por cima da sebe escangalhada. Chegaram em poucos minutos. Csónakos trepou na árvore, mas, antes de pôr o pé na sebe, olhou para o jardim e exclamou assustado:

— Ei-los!

— Voltemos à árvore! — disse Boka.

Csónakos ajudou os dois amigos a subirem. Treparam muito alto, até onde os galhos aguentaram, pois estavam aborrecidos com a ideia de ser apanhados tão perto da salvação.

Os camisas-vermelhas chegaram à árvore num trote estrepitoso. Os três amigos se encolhiam mudos entre a folhagem, como três grandes aves...

Ouviram de novo a voz do mesmo Szebenics, que na estufa já desviara os outros do caminho certo:

— Eu os vi pular pela cerca!

Parece que era o mais tolo de todos. E, como sempre acontece, era quem fazia mais barulho. Os camisas-vermelhas, bons atletas, transpuseram a sebe num instante. Chico Áts ficou por último. Antes de sair do jardim, apagou a lâmpada. Para galgar a cerca subiu à mesma acácia em que se haviam empoleirado os três amigos, e até recebeu na cabeça algumas gotas grandes, das que caíam dos trajes ensopados de Nemecsek.

— Está chovendo! — gritou.

Enxugou o pescoço e pulou na rua atrás dos outros.

— Lá estão eles! — ouviu-se da rua.

E os três da árvore viram que todos os camisas-vermelhas se puseram a correr. Szebenics enganara-se mais uma vez.

— Não fosse este Szebenics — observou Boka — há muito que estaríamos presos...

Agora sentiam que tinham escapado de vez. Viram os camisas-vermelhas porem-se no encalço de dois rapazes que iam caminhando pacatos pela ruazinha deserta. Assustados, estes deitaram também a correr, o que provocou os berros dos camisas-vermelhas que continuaram a persegui-los, enfurecidos. O alvoroço só esmoreceu ao longe, nalguma ruazinha afastada do bairro...

Os três amigos galgaram a cerca, bem aliviados ao sentirem sob os pés o calçamento da rua. Encontraram primeiro uma velhinha, depois outros transeuntes. Estavam de novo na cidade, onde nada lhes podia acontecer. Tinham fome e sono. No orfanato ao lado, cujas janelas projetavam uma luz amiga na noite escura, o sino repicava, chamando para o jantar.

Nemecsek tiritava.

— Vamos depressa — pediu.

— Espere — disse-lhe Boka. — Você deve tomar o bonde de burro. Vou-lhe dar o dinheiro.

Pôs a mão no bolso, mas estacou. O presidente só tinha três

krajcár. Seu bolso não continha senão esses três cobres e mais o tinteiro prático, que não parava de vazar, espalhando a bela tinta azul. Retirou as moedas sujas de tinta e entregou-as a Nemecsek:

— Só tenho isto.

Csónakos ainda tinha dois *krajcár*. Quanto ao lourinho, tinha um só, daqueles com o anjinho que davam sorte, e que ele guardava numa caixinha de pílulas. Era quanto custava a passagem: seis *krajcár*.[4] Nemecsek pegou o bonde de burro.

Boka parou no meio da rua, calado e triste, pois sentia o coração aflito com o caso de Geréb. Mas Csónakos, que nada sabia da traição, estava alegre:

— Escute, velhinho!

E quando Boka se voltou para ele, levou dois dedos à boca e deu um assobio de ensurdecer, com toda a força dos pulmões. Depois olhou em redor, como quem acaba de saciar-se.

— Estava guardando isto a tarde toda — disse rindo —, mas não aguentei mais.

Pegou o triste Boka pelo braço, e depois de tantas emoções meteram-se na avenida de Üllö, comprida que não acabava mais...

[4] Um dos contos mais célebres da literatura húngara moderna, "Sete *krajcár*", escrito por Zsigmond Móricz (1879-1942) e publicado em 1908 (um ano depois de *Os meninos da rua Paulo*), tem uma trama que se assemelha em parte a esse episódio e pode ter sido inspirado por ele. Em todo caso, a coincidência cronológica e temática é importante. Paulo Rónai traduziu o texto em sua *Antologia do conto húngaro*. [N.A.]

4

Na sala de aula o relógio deu de novo uma hora, e os rapazes puseram-se a arrumar os livros. O Sr. Professor Rácz[1] fechou o seu e levantou-se: imediatamente o pequeno Csengey, prestativo como sempre, pulou da primeira carteira e ajudou-o a vestir o sobretudo. Espalhados nas diversas filas, os da rua Paulo trocaram olhares à espera das instruções de Boka. Sabiam que naquele dia a reunião no *grund* seria antecipada para as duas horas, pois os três membros da patrulha iam expor suas experiências no Jardim Botânico. Todos sabiam que a expedição dera certo e que o presidente dos meninos da rua Paulo retribuíra condignamente a visita dos camisas--vermelhas. Mas queriam saber pormenores, todas as aventu-

[1] Pronuncia-se *Rats*. [P.R.]

ras, os perigos que seus amigos tinham arrostado. A Boka ninguém arrancaria uma palavra nem com tenazes. Quanto a Csónakos, meteu os pés pelas mãos e, Deus lhe perdoe, soltou uma mentira após outra. Falava até em feras com que se defrontaram no Jardim Botânico... Por pouco Nemecsek não se afogara... Os camisas-vermelhas viviam sentados em redor de uma fogueira terrível. Numa palavra, atrapalhava tudo e esquecia precisamente as coisas mais importantes. Aliás, nem se podia entender o que dizia, pois em vez de pausas acabava as frases com assobios que só serviam para ensurdecer os ouvintes.

Nemecsek, por sua vez, sentia-se tão importante que bancava o misterioso. Assaltado pelos curiosos, limitava-se a declarar:

— Não posso dizer nada.

Ou ainda:

— Perguntem ao Sr. Presidente.

Os demais invejaram muito Nemecsek, por haver participado de aventuras tão formidáveis apesar de simples praça. Os tenentes e alferes sentiam-se diminuídos em comparação com ele; alguns anteviam a próxima promoção de Nemecsek a oficial, o que reduziria a tropa propriamente dita a uma pessoa só, isto é, ao Heitor, o cachorro do Eslovaco...

Antes mesmo que o Professor Rácz saísse da sala, Boka acenou aos meninos da rua Paulo com dois dedos levantados, para indicar-lhes que o encontro era às duas horas. Os outros meninos, que não faziam parte do grupo, olhavam para eles com terrível inveja e viram-nos levar a mão à orelha em continência, indicando que estavam de acordo.

Iam sair quando sobreveio um incidente.

O Sr. Professor Rácz parou na escada da cátedra:

— Esperem!

Fez-se um grande silêncio.

O Sr. Professor tirou uma papeleta do bolso do sobretudo. Pôs os óculos e entrou a ler, na papeleta, alguns nomes:

— Weiss!

— Presente — disse Weiss, assustado.

O Sr. Professor continuou:

— Richter! Csele! Kolnay! Barabás! Leszik![2] Nemecsek!

Todos responderam:

— Presente!

O Sr. Professor repôs a papeleta no bolso e disse:

— Vocês não voltarão para casa agora; virão comigo à sala dos professores. Tenho uma conversa com vocês.

Nisto, sem dar os motivos do estranho convite, saiu às pressas.

Levantou-se um excitado zum-zum:

— Que será?

— Por que devemos ficar?

— Que é que ele quer de nós?

Foram perguntas assim que os convidados trocaram entre si. Como todos fossem do grupo da rua Paulo, juntaram-se em redor de Boka.

— Não sei o que pode ser isto — disse o presidente. — Sigam; eu vou esperá-los no corredor.

[2] Pronuncia-se *Lécik*. [P.R.]

E dirigiu-se para os outros:

— Encontrar-nos-emos, pois, não às duas, mas às três. Houve impedimento.

O corredor do colégio, amplo e de janelas altas, encheu-se de gente. As outras salas também derramaram nele o seu conteúdo humano, e uma confusão de vozes, de tropel, de correria, quebrou o silêncio. Todos tinham pressa em sair.

— Estão retidos? — perguntou um menino ao grupo triste que se juntara à porta da sala dos professores.

— Não — respondeu Weiss com orgulho.

Mas nem por isso ele e os colegas deixaram de olhar com inveja o colega feliz que podia ir para casa...

Ao cabo de alguns minutos abriu-se a porta de vidro opaco da sala dos professores, e no limiar apareceu a silhueta alta e magra do Sr. Professor Rácz.

— Entrem — ordenou, indo à frente.

A sala achava-se vazia. Os rapazes colocaram-se em pé, ao redor da comprida mesa verde, num silêncio mortal, depois que o último fechou respeitosamente a porta. O Sr. Professor sentou-se à cabeceira da mesa, olhou à volta e perguntou:

— Não falta ninguém?

— Ninguém!

Do quintal ouvia-se o alvoroçado barulho dos felizardos que iam para casa. O Sr. Professor mandou fechar a porta, e na grande sala guarnecida de estantes cheias de livros o silêncio tornou-se inquietante. Foi no meio deste silêncio que o Sr. Professor Rácz se pôs a falar:

— Soube que vocês andaram fundando uma sociedade.

Estou a par do caso. É uma Sociedade do Betume, ao que parece. Quem me informou, deu-me também a lista dos sócios. São vocês, não é verdade?

Ninguém respondeu. Permaneceram imóveis, cabisbaixos, demonstrando assim que a acusação era justa.

— Vamos por ordem — continuou o Sr. Professor. — Quero saber, antes de tudo, quem foi que fundou a sociedade, apesar de eu ter dito claramente que não admitia sociedade alguma na turma.

Silêncio.

— Foi o Weiss — disse por fim uma voz tímida.

O Sr. Professor fitou Weiss com severidade:

— Weiss! Não sabe apresentar-se sozinho?

— Sei, sim, Sr. Professor — respondeu Weiss, modesto.

— Então por que não se apresentou?

Coitado do Weiss, não soube o que dizer. O Sr. Professor Rácz acendeu um charuto e soltou baforadas no ar:

— Vamos por ordem. Antes de tudo, diga-me o que é betume.

Como resposta, Weiss retirou do bolso um pedaço enorme de betume e colocou-o na mesa. Fitou-o algum tempo e depois declarou numa voz quase impercebível de tão baixa:

— O betume é isto.

— E que é isso? — perguntou o professor.

— É a massa com que os vidraceiros pregam a vidraça no caixilho. O vidraceiro vem e põe o betume na janela; depois vem a gente e com a unha arranca o betume.

— Foi você que arrancou isto?

— Não, senhor. Isto aqui é o betume da sociedade.

O Sr. Professor escancarou os olhos:

— O quê? — perguntou.

Weiss criou coragem:

— Isto aqui foi reunido pelos sócios, e a diretoria encarregou-me de guardá-lo. Antes era o Kolnay que o guardava, pois era ele o caixa, mas, como ele nunca o mastigava, o betume secou completamente.

— Então é preciso mastigar o betume?

— Sim, senhor, senão fica duro e não se pode mais amolgá-lo. Eu o mastigava todos os dias.

— Por que precisamente você?

— Porque os estatutos rezam que o presidente tem a obrigação de mastigar o betume da sociedade pelo menos uma vez por dia, senão endurece...

Aí Weiss desatou a chorar, e acrescentou entre lágrimas:

— E agora sou eu o presidente.

A atmosfera estava carregada. O professor perguntou franzindo as sobrancelhas:

— Como foi que vocês juntaram um pedaço tão grande?

Não houve resposta. O professor encarou Kolnay:

— Kolnay, como foi que juntaram isto?

Kolnay respondeu engrolando as palavras, como quem deseja melhorar a própria situação por uma confissão sincera:

— Juntamos isto, Sr. Professor, durante um mês. Eu o mastiguei durante uma semana, mas então estava menor. O primeiro pedaço foi trazido pelo Weiss, e foi com aquilo que fundamos a sociedade. O pai dele tinha andado com ele de fiacre, e ele então retirou o betume da portinhola. Ficou até com as unhas sangrando. Depois, um dia, a janela da sala de música se quebrou e eu vim de tarde e esperei a tarde toda que o vidraceiro chegasse, e às cinco ele chegou, e eu lhe pedi que me desse um pouco de betume, e ele nem me respondeu, porque não sabia responder: tinha o focinho cheinho de betume.

O professor carregou o sobrecenho:

— Que estilo é esse? Só um bicho tem focinho.

— Bem: tinha a boca cheinha de betume. Ele também mastigava. Depois eu fui perto dele e pedi que me deixasse olhar enquanto trabalhava. E ele deu a entender, com um sinal, que deixava. E eu olhei, e ele acabou o serviço e foi-se embora. Depois que ele se foi, eu me aproximei da janela e retirei o betume da janela e fui embora. Mas eu roubei não foi para mim... e sim para a sociedade... a sooo... oci... eedaa... de...

Ele também chorava.

— Não berre — disse-lhe o Sr. Professor Rácz.

Weiss mexia com a aba do paletó, e de tão perplexo não achou nada melhor para dizer:

— Ele berra logo.

Mas Kolnay soluçava de partir o coração de qualquer um. Weiss segredou-lhe ao ouvido:

— Não berre!

E pôs-se, ele também, a soluçar. Tantas lágrimas comoveram o Sr. Professor Rácz, que continuava soltando baforadas, sem dizer palavra. Mas então Csele, o grã-fino, saiu da fila e corajosamente se pôs na frente do professor. Resolveu bancar o caráter romano, como Boka fizera, dias antes, no *grund*, e disse em voz decidida:

— Sr. Professor, eu também trouxe betume para a sociedade.

E fitou-o nos olhos com altivez.

— De onde? — perguntou-lhe o professor.

— De casa — respondeu Csele. — Quebrei o banheiro do canarinho e mamãe mandou consertá-lo, e eu imediatamente retirei todo o betume. Quando o canarinho foi tomar banho, toda a água se derramou no tapete. Não vejo, aliás, por que um canário deve tomar banho. Os pardais nunca tomam banho, e nem por isso deixam de ser limpos.

O Sr. Professor Rácz inclinou-se para a frente e disse em tom ameaçador:

— Está gracejando, Csele? Espere, vou-lhe mostrar com quantos paus se faz uma canoa. Continue, Kolnay!

Kolnay engolia as lágrimas, assoando o nariz:

— Continuar o quê?

— Onde arranjou o resto?

— O Csele acaba de explicar... Depois, um dia a sociedade me deu sessenta *krajcár* para eu arranjar.

Disso não gostou o Sr. Professor Rácz:

— Então vocês gastaram dinheiro também?

— Não, senhor — disse Kolnay. — Mas papai é médico, e pela manhã visita de fiacre os doentes, e certa vez ele me levou consigo, e então tirei betume da portinhola, e era um betume muito mole, e então a sociedade me deu sessenta *krajcár* para eu alugar o mesmo carro, e eu o aluguei, e fui nele até o bairro dos Funcionários, e retirei das portinholas o betume todinho, e voltei do bairro a pé.

O professor lembrou-se:

— Foi quando eu o encontrei perto da Academia Ludovica?

— Foi.

— Até lhe falei... e você não me respondeu.

Kolnay baixou a cabeça e disse, aflito:

— Porque tinha o focinho cheio de betume.

E pôs-se novamente a chorar. Weiss voltou a enervar-se, a amarrotar as abas do paletó, e repetiu:

— Ele berra logo...

E ele mesmo entrou a chorar mais uma vez. O Sr. Professor levantou-se e andou de um lado para outro na sala, abanando a cabeça:

— Uma beleza, a sociedade de vocês. Quem era mesmo o presidente?

Essa pergunta fez Weiss esquecer-se da sua aflição. Parou de chorar e disse orgulhoso:

— Eu.

— E o caixa?

— Kolnay.

— Entregue o dinheiro que sobrou.

— Ei-lo.

E Kolnay levou a mão ao bolso. Seus bolsos não eram absolutamente menores que os de Csónakos. Pôs-se a mexer neles, tirou vários objetos, um após outro, e colocou-os na mesa. Apareceram assim um florim e quarenta e três *krajcár*, dois selos de cinco *krajcár*, um cartão-postal, duas estampilhas de uma coroa, oito peninhas novas e uma bola de gude. O Sr. Professor contou o dinheiro com ar grave:

— Onde arranjou o dinheiro?

— São as cotas dos sócios: dez *krajcár* por semana.

— E para que precisava de dinheiro?

— Só para haver cotas. O Weiss renunciou aos seus honorários de presidente.

— De quanto eram?

— De cinco *krajcár* por semana. Quem trouxe os selos fui eu; o cartão, foi o Barabás; e as estampilhas, foi o Richter... O pai dele... Ele do pai...

O professor interrompeu-o:

— Roubou-as do pai, não é? Richter!

Richter adiantou-se baixando os olhos.

— Roubou-as?

O rapaz acenou que sim. O Sr. Professor abanou a cabeça:

— Que depravação! Quem é seu pai?

— Dr. Ernesto Richter, advogado. Mas a sociedade roubou-as de volta.

— Que quer dizer isto?

— Pois é... Eu roubei uma estampilha de papai, e depois assustei-me, e a sociedade deu-me uma coroa, e eu comprei outra estampilha e roubei-a de volta. Mas papai surpreendeu-me, não quando tirei a primeira, mas quando recoloquei a segunda, e me deu uma daquelas...

A um olhar severo do professor, emendou-se:

— E me deu uma bofetada, e depois outra, porque me perguntou onde tinha roubado, e eu não quis dizer, porque me teria dado uma terceira, e então disse que foi Kolnay que me tinha dado a estampilha, e então ele me disse: "Devolva-a imediatamente ao Kolnay, pois ele deve tê-la roubado", e eu a devolvi ao Kolnay, e é por isso que estamos agora com duas estampilhas.

O Sr. Professor Rácz não aceitava a história:

— Por que razão compraram uma estampilha nova? Não podia devolver a primeira?

— Não, Sr. Professor — respondeu Kolnay em vez dele —, pois já estava com o carimbo da sociedade nas costas.

— Há também um carimbo? Onde está?

— Com o Barabás, o guarda-selos.

Foi a vez de Barabás. Deu um passo à frente, lançando de esguelha um olhar assassino para Kolnay, com quem sempre tinha encrencas. Ainda não esquecera o caso do chapéu no *grund*... Mas não havia por onde: depôs o carimbo de borracha e a correspondente caixinha com a almofada de tinta. O Sr. Professor Rácz examinou-o, e viu nele estes dizeres: SOCIEDADE DO BETUME, BUDAPESTE, 1889, e, reprimindo um sorriso, abanou novamente a cabeça. Isso restituiu a coragem a Barabás, que estendeu a mão para retomar o carimbo. Mas o Sr. Professor cobriu-o com a mão:

— Que é isto?

— Sr. Professor — declarou Barabás —, eu prestei juramento de não largar o carimbo e defendê-lo mesmo à custa de minha vida.

— Caluda! — disse o Sr. Professor colocando o carimbo no bolso.

Nessa altura, Barabás não soube mais dominar-se:

— Então o senhor tome também a bandeira ao Csele.

— Há bandeira também? Entregue-a! — disse o professor dirigindo-se a Csele. Este retirou do bolso uma bandeirinha presa num arame, feita pela irmã, como a bandeira do *grund*. Era ela em geral quem executava os trabalhos de agulha para eles. Mas a bandeirinha era vermelha, branca e verde, e continha os dizeres: SOCIEDADE DO BETUME, BUDAPESTE, 1889. JURAMOS NÃO SER MAIS CERVOS.[3]

— Hum! — disse o Sr. Professor —, qual é o sábio que escreve *servos* com *c*? Quem foi que escreveu isto?

Ninguém respondeu. O professor repetiu a pergunta em voz trovejante:

— Quem escreveu isto?

Então Csele teve uma ideia. De que servia comprometer um camarada? Fora Barabás quem escrevera *servos* com c, mas para que metê-lo em apuros? Disse, pois, baixinho:

— Foi a minha irmã, Sr. Professor.

E engoliu em seco. O gesto não foi dos mais elegantes, mas, pelo menos, salvou um amigo... O professor não disse nada. Kolnay pensou aproveitar o silêncio.

— Sr. Professor — disse furioso —, o Barabás fez mal em trair a bandeira.

— Ele sempre mexe comigo — disse Barabás.

E, para desculpar-se, acrescentou:

— Já que me tiraram o carimbo, a sociedade está acabada de qualquer jeito.

— Silêncio! — exclamou o Sr. Professor Rácz. — Vou resolver o caso de vocês. A sociedade está dissolvida, e nunca mais quero vê-los metidos em coisas desta ordem. Todos vo-

[3] "Juramos não ser mais servos" é um verso do famoso poema revolucionário de Sándor Petőfi (1823-49), "Levanta-te, húngaro!". [P.R.]

cês terão apenas "satisfatório" em comportamento, e Weiss "insatisfatório", por ter sido o presidente.

— Perdão, Sr. Professor! — observou Weiss, modesto. — Foi precisamente hoje o último dia da minha presidência, pois a assembleia geral estava marcada para hoje, e já havia outro candidato para este mês.

— O candidato era Kolnay — disse Barabás com uma risadinha de escárnio.

— Tanto faz! — disse o professor. — Amanhã todos ficarão retidos até as duas. Vou dar um jeito em vocês, não se incomodem! Agora podem ir.

— Boa tarde — ouviu-se em coro.

E todos se mexeram. Weiss quis aproveitar-se desse instante de confusão para pegar o betume. O professor percebeu a manobra:

— Fique quieto!

Weiss fez uma careta humilde:

— Então o senhor não nos devolve o betume?

— De modo algum. Pelo contrário, quem ainda tiver betume deve entregá-lo incontinente, pois, se eu souber que alguém ficou com betume, tomarei contra ele as medidas mais enérgicas.

Neste ponto, Leszik, que até então se mantinha mudo como um peixe, adiantou-se, retirou da boca um pedaço de betume e, com o coração aflito e a mão suja, juntou-o ao estoque da sociedade.

— Não tem mais?

Em vez de responder, Leszik escancarou a boca, mostrando que não tinha mais.

O Sr. Professor tomou o chapéu:

— Só quero ouvir mais uma vez que vocês fundaram uma sociedade! Fora daqui!

Os meninos retiraram-se caladinhos; só um deles murmurou:

— Boa tarde!

Foi Leszik, o qual, quando os outros cumprimentaram, tinha a boca cheia.

Foi-se embora o Sr. Professor, e a sociedade dissolvida ficou ali. Os sócios entreolharam-se com tristeza. Kolnay contou a Boka o decurso da audiência. Boka soltou um suspiro de alívio.

— Estava muito assustado — confessou. — Pensei que alguém tivesse traído o *grund*...

Nesse ínterim Nemecsek chamou os outros a um canto e disse-lhes cochichando:

— Olhem... enquanto ele os interrogava, eu... estava perto da janela... a vidraça estava nova... e...

Exibiu o pedaço de betume fresco que arrancara da janela com as unhas. Os outros olhavam-no com fervor, e Weiss exclamou com os olhos a brilhar:

— Pois se há betume, há sociedade de novo! Assembleia geral mais tarde, no *grund*!

— No *grund*, no *grund*! — gritaram os outros também.

E todos deitaram a correr para suas casas. A escadaria ressoava com os seus berros, o grito de guerra dos da rua Paulo:

— Olá-ó, olá-ó!

E todos desapareceram na rua. Boka, que ficara só, ia devagar. Ele não estava alegre. Não lhe saía da cabeça o caso de Geréb, o traidor que carregara a lanterna na ilha do Jardim Botânico. Voltou para casa mergulhado em pensamentos, almoçou e pôs-se a estudar a lição de latim do dia seguinte...

Só Deus sabe como conseguiram tão depressa: o fato é que os sócios da Sociedade do Betume estavam todos no *grund* às duas e meia. Barabás nem acabara de almoçar, e vinha mastigando um bom pedaço de côdea de pão. Esperava Kolnay junto ao portãozinho para dar-lhe um piparote em pagamento de todas aquelas perfídias.

Quando o número dos sócios estava completo, Weiss convidou-os a se retirarem para um canto entre as pilhas de lenha.

— A assembleia geral está aberta — disse com ar terrivelmente sério.

Kolnay, que já recebera o piparote e até o retribuíra a

Barabás, era de opinião que a sociedade devia ser mantida apesar da proibição professoral.

Barabás, porém, suspeitava da pureza de suas intenções:

— Ele diz isto porque é a vez dele na presidência. Por mim, estou farto da sociedade. Vocês se revezam na presidência, e nós outros ficamos a mastigar betume em vão. Essa massa pegajosa está-me dando nojo. Será que passarei a vida mastigando essa porcaria?

Nemecsek quis dar a sua opinião.

— Peço a palavra — disse ao presidente.

— O Sr. Secretário pede a palavra — disse Weiss, sério.

E tocou uma campainha de dois *krajcár*.

Mas Nemecsek, que tinha o cargo de secretário na Sociedade do Betume, sentiu a voz presa na garganta: acabava de enxergar Geréb perto de uma pilha. Ninguém imaginava o que ele sabia a respeito de Geréb, o que ele vira, juntamente com Boka, naquela noite memorável. Geréb esgueirava-se sozinho entre as pilhas, dirigindo-se direitinho ao barracão onde o Eslovaco morava com o cachorro. Nemecsek sentia que era seu dever vigiar o traidor, seguir-lhe todos os passos. Boka disse que, antes de ele chegar, Geréb não devia saber que o tinham visto sentado na ilha entre os camisas-vermelhas, perto da lâmpada. Era melhor fazê-lo pensar que ninguém sabia de nada.

Pois agora o traidor estava ali e avançava com ar suspeito. Nemecsek queria saber, a qualquer preço, o que ele ia fazer no barracão do Eslovaco. Limitou-se, pois, a dizer:

— Obrigado, Sr. Presidente, mas pronunciarei o meu

discurso em outra ocasião. Lembrei-me de que tinha o que fazer.

Weiss sacudiu de novo a campainha:

— O Sr. Secretário adia o seu discurso.

O Sr. Secretário já não estava ali. Corria não apenas para alcançar Geréb, mas para chegar na frente deste. Atravessou correndo o terreno baldio, e saiu na rua Paulo, depois enveredou pela rua Maria, e dirigiu-se precipitadamente à porta da serraria. Esteve a ponto de ser esmagado por um enorme carro de lenha, que saía nesse instante. A chaminezinha preta fungava, soltando nuvens de fumo, e, dentro da casa, a serra berrava dolorosamente, como para dizer:

— Cui-ii-dado! Cui-ii-dado!

— Está certo. Terei todo o cuidado — respondeu-lhe Nemecsek, sempre a correr.

E, ao passar pela casinha, penetrou entre as pilhas e deteve-se atrás do barracão do Eslovaco. O telhado inclinado do barracão quase tocava o alto da pilha colocada atrás deste. Nemecsek galgou-a e, em cima, deitou-se de bruços. Olhando para os lados, aguardava o que desse e viesse. Que negócio podia Geréb ter com o Eslovaco? Tratar-se-ia de um ardil dos camisas-vermelhas? Resolveu escutar a conversa, acontecesse o que acontecesse. Que glória não lhe daria este caso! Como ficaria orgulhoso de ter descoberto essa segunda traição!

De repente viu Geréb, que se aproximava cauteloso do barracão, olhando constantemente para trás a fim de ver se o seguiam. Só depois de tranquilizado a esse respeito foi que estugou o passo. O Eslovaco, sentado diante do barracão, estava fumando, no cachimbo, as pontas de charuto que lhe traziam os meninos. Todos eles, com efeito, abasteciam Iano de pontas de charuto.

O cachorro ergueu-se de um pulo e deu alguns latidos na direção de Geréb; mas, quando verificou que era gente do *grund*, voltou a deitar-se. Geréb aproximou-se de Iano, de tal modo que o telhado escondeu a ambos. Mas a essa altura o lourinho já se tornara audacioso. Evitando qualquer ruído, passou do alto da pilha para o telhado, onde continuou arrastando-se para cima a fim de poder chegar à extremidade e ver os dois lá embaixo. As tábuas estalaram, e Nemecsek sentia o sangue gelar-lhe nas veias... Mas continuava rojando--se, e por fim a sua cabeça apontou na beira do telhado. Se nesse momento o Eslovaco ou Geréb se lembrassem de levantar os olhos, assustar-se-iam bastante ao ver a inteligente cabecinha loura de Nemecsek, toda atenta à conversa diante do barracão.

Geréb chegou-se perto do Eslovaco e disse-lhe cordialmente:

— Bom dia, Iano!

— Bom dia! — respondeu o Eslovaco sem tirar o cachimbo da boca.

Geréb debruçou-se sobre ele.

— Trouxe-lhe charutos, Iano!

A essa notícia, Iano tirou o cachimbo da boca com os olhos a brilhar. Coitado do Iano! Em sua vida raramente lhe coubera a sorte de ver um charuto inteiro. Geralmente, lhe tocava apenas a ponta, depois de outros haverem dado cabo da parte boa.

Geréb sacou do bolso três charutos e entregou-os a Iano.

"O quê!", disse Nemecsek consigo mesmo. "Fiz bem em trepar aqui. Se ele começa logo com charutos, é que deseja alguma coisa em troca."

Ouviu Geréb dizer baixinho ao Eslovaco:

— Iano, entremos no barracão... não quero falar aqui fora com você... tenho medo de ser visto... trata-se de uma coisa importante. E saiba que tenho muito mais charutos... é só você querer!

E retirou do bolso um punhado de charutos.

No telhado, Nemecsek abanava a cabeça: "Deve ser uma tratantice de marca maior, para ele trazer tanto charuto".

Naturalmente, o Eslovaco abriu com prazer a sua porta a Geréb. O cachorro introduziu-se também atrás deles. Nemecsek ficou aborrecido: "Pois o meu plano tão bem combinado não deu certo", pensou. "Não ouvirei patavina da conversa."

Invejava o cachorro, que achara jeito de entrar antes que a porta se fechasse, pois eles até fecharam a porta. Lembrou-se de repente dos contos populares, nos quais a Velha-de-nariz-de-ferro transforma o príncipe em cachorro preto. Agora ele mesmo daria de bom grado dez a vinte bolas de gude das mais bonitas a uma Velha-de-nariz-de-ferro que o transformasse por alguns minutos em cachorro preto, metamorfoseando ao mesmo tempo o cão Heitor no lourinho Nemecsek. Afinal de contas, pareciam-se um pouco: ambos eram simples soldados.

Mas, em vez de Velha-de-nariz-de-ferro, foi auxiliado pelo Bicho-de-dente-de-ferro, isto é, por uma vulgar traça que havia tempo comera parte de uma das tábuas do telhado, fartando-se a si e a toda a família de ótima madeira branca, sem imaginar que assim prestaria um dia serviço inestimável aos meninos da rua Paulo. Na parte atacada pela traça a tábua estava bem mais fina. Nemecsek encostou o ouvido aí, e escutou. Vozes surdas vinham do barracão, e ele verificou logo depois, com prazer, que entendia cada palavra do que os dois diziam. Geréb falava baixo, como receoso de que o ouvissem, mesmo naquele lugar tão escondido.

— Iano — estava dizendo ao Eslovaco —, tenha juízo. Você terá de mim quantos charutos quiser, mas não de graça. É preciso fazer alguma coisa em troca.

— Fazer o quê? — perguntou Iano num resmungo.

— É só enxotar os meninos do *grund*. Não lhes permitir que joguem pela, que destrocem as pilhas de lenha.

Durante alguns minutos não se ouviu nada, de onde Nemecsek concluiu que o Eslovaco estava meditando. Depois ouviu-lhe novamente a voz:

— Enxotar?

— Sim.

— Por quê?

— Outros meninos querem frequentar o *grund*... Meninos ricos todos eles... Terá charutos à beça... até dinheiro...

Este argumento surtiu efeito.

— Dinheiro? — perguntou Iano.

— Sim, senhor: florim!

O florim venceu os últimos escrúpulos do Eslovaco:

— Pois está certo. A gente vai enxotar.

Ouviu-se o clique da maçaneta, a porta abriu-se e Geréb saiu. Mas Nemecsek não estava mais no telhado. Descera ao chão com a habilidade de um gato, pulara na planta dos pés e deitara a correr entre as pilhas, em direção ao *grund*. Estava excitadíssimo: sentia que naquele momento o destino de todos os meninos, de todo o *grund*, estava nas mãos dele. Ao ver o grupo, já de longe gritou:

— Boka!

Mas ninguém respondeu.

Berrou de novo:

— Boka! Sr. Presidente!

Uma voz respondeu:

— Ainda não veio.

Nemecsek corria como o vento. Era indispensável levar o caso ao conhecimento do Boka sem a menor demora, agir imediatamente antes que os enxotassem de seu império. Ao passar pela última pilha, viu os membros da sociedade do Betume, que continuavam reunidos. Weiss ainda presidia, com ar grave, e, quando o lourinho passou por ele a correr, gritou-lhe atrás:

— Olá-ó! Sr. Secretário!

Nemecsek deu a entender, por um sinal, que não podia deter-se.

— Sr. Secretário! — berrou Weiss.

E para que seu apelo tivesse mais autoridade, sacudiu com força a campainha presidencial.

— Não tenho tempo! — respondeu Nemecsek, sempre a correr, para pegar Boka ainda em casa.

Então Weiss recorreu ao último meio:

— Soldado! Alto!

Aí ele teve de parar, pois Weiss era tenente... O lourinho

quase explodiu de raiva, mas teve de obedecer, uma vez que Weiss usava a hierarquia.

— Às ordens, tenente! — disse, perfilando-se.

— Olhe — disse o presidente —, acabamos de resolver que de agora em diante a Sociedade do Betume funcionará como sociedade secreta. Acabamos de eleger o novo presidente.

Os outros bradaram com entusiasmo o nome do eleito:

— Viva Kolnay!

Só Barabás disse com um risinho de escárnio:

— Abaixo Kolnay!

— Se você quiser conservar o seu cargo de secretário — continuava o presidente —, tem de prestar juramento, sob palavra de honra, de manter o segredo, pois se o Sr. Professor Rácz souber...

Nesse momento Nemecsek viu Geréb esgueirar-se entre as pilhas de lenha. Se saísse naquele momento, tudo estaria perdido... Seria o fim das fortalezas, do *grund*... Mas se Boka pudesse pegá-lo ali e conversar com ele, talvez ele se deixasse vencer por sentimentos melhores. O lourinho quase chorou de raiva. Interrompeu o presidente:

— Sr. Presidente... Não tenho tempo... Devo sair...

Weiss perguntou-lhe com severidade:

— Será que o Sr. Secretário está com medo? Tem medo de ser castigado, se o caso for descoberto?

Mas Nemecsek já não lhe prestava atenção. Olhava apenas para Geréb, o qual, encolhido entre as pilhas, só aguardava, para sair, que os outros fossem para outro lugar... Ao desvendar-lhe a intenção, Nemecsek, sem dizer água vai, mandou às favas a Sociedade do Betume, juntou as abas do paletó, e — zás! —, como o vento, atravessou o *grund* e saiu pelo portão.

Na assembleia fez-se profundo silêncio. Neste silêncio sepulcral o presidente tomou a palavra, em voz fúnebre:

— Os senhores acabam de testemunhar o comportamento de Ernesto Nemecsek. Declaro que Ernesto Nemecsek é um covarde!

— É isso mesmo! — bradou a assembleia.

Kolnay chegou ao ponto de gritar:

— Traidor!

Richter pediu a palavra, com evidente emoção:

— Proponho que o reles traidor que abandonou a sociedade num momento crítico seja destituído de seu cargo de secretário e excluído da sociedade, sendo autuado no livro secreto como traidor!

— Viva! — ouviu-se de todas as gargantas.

E o presidente proclamou a sentença no meio de um silêncio solene:

— A assembleia declara que Ernesto Nemecsek é um reles traidor; demite-o, pois, do cargo de secretário, e exclui-o da sociedade. Sr. Segundo-Secretário!

— Presente! — disse Leszik.

— Anote na ata: a assembleia geral declara que Ernesto Nemecsek é um reles traidor. Escreva-lhe o nome com minúsculas.

Um murmúrio correu pela assembleia. Segundo os estatutos, era esta a pena máxima. Leszik, rodeado de vários meninos, pôs nos joelhos o caderno de cinco *krajcár* que servia de ata para a sociedade e rabiscou em letras enormes:

ernesto nemecsek é traidor!!!

Foi assim que a Sociedade do Betume privou Ernesto Nemecsek da sua honra...

E Ernesto Nemecsek, ou, se acharem melhor, ernesto nemecsek, correu à rua Kinizsi, onde Boka morava numa pobre casinha térrea. Passou pelo portão em corrida desabalada e chocou-se com Boka:

— Vejam só! — disse Boka refazendo-se do choque. — Que é que você está fazendo aqui?

Nemecsek contou-lhe, arfando, o que vira, e puxou-o pelo paletó para que se apressasse mais. Agora os dois corriam juntos em direção ao *grund*.

— Então você viu e ouviu tudo isso?

— Vi e ouvi.

— Será que Geréb ainda estará aí?

— Se corrermos, talvez o encontremos.

Perto do edifício da clínica tiveram de parar. Nemecsek, coitado, pôs-se a tossir e encostou-se à parede:

— Vá... vá para a frente... eu... fico aqui até... até acabar este acesso — disse, e continuou tossindo. — Estou resfriado — explicou depois a Boka, o qual não o deixava. — Resfriei-me no Jardim Botânico... Cair no lago não era nada. Mas na estufa, quando me escondi na bacia, a água estava muito fria. Foi lá que principiei a sentir uns arrepios.

Entraram na rua Paulo. No momento exato em que dobraram a esquina, abriu-se o portãozinho da cerca, e Geréb saiu às pressas. Nemecsek pegou de súbito o braço de Boka:

— Ei-lo!

Boka, fazendo das mãos porta-voz, bradou em voz estridente na ruazinha silenciosa:

— Geréb!

Geréb parou e voltou-se. Ao enxergar Boka, deu uma gargalhada, e rindo retomou a corrida rumo ao bulevar. A gargalhada ecoou, aguda e irônica, entre as casas da rua Paulo. Geréb rira deles!

Os dois rapazes permaneceram na esquina, como que pregados no chão. Geréb desapareceu-lhes da vista. Sentiam que tudo estava perdido. Sem dizer uma palavra, encurtaram o passo e aproximaram-se devagar do portão do *grund*. De dentro ouvia-se o barulho alegre dos garotos jogando pela e, depois, o estrondo de uma aclamação: os da Sociedade do Betume festejavam o novo presidente... Ali dentro ninguém suspeitava que aquele pedaço de terra talvez nem lhes pertencesse mais. Aquele pedacinho estéril de Budapeste, cheio de altos e baixos; aquela planiciezinha confinada entre dois edifícios que para suas almas juvenis significava o infinito, a liberdade; *prairie*[4] americana de manhã, estepe húngara de tarde, oceano quando chovia, polo Norte pelo inverno — em suma, o amigo de todos eles, que se transformava naquilo que eles queriam, só para diverti-los...

— Está vendo? — disse Nemecsek. — Eles ainda não sabem...

Boka baixou a cabeça:

— Não sabem — disse baixinho.

[4] *Prairie* (em inglês no original): planície, campo. [P.R.]

Nemecsek tinha confiança na cabeça de Boka. Enquanto via o amiguinho inteligente e sisudo, não perdia a esperança. Mas assustou-se de verdade ao perceber nos olhos de Boka a primeira lágrima e ao ouvir o presidente, o próprio presidente, dizer com profunda tristeza e em voz trêmula:

— Agora, que fazer?

5

Dois dias depois, na quinta-feira, quando a noite descia sobre o Jardim Botânico, as duas sentinelas da pontezinha perfilaram-se à aproximação de uma figura escura.

— Continência! — bradou uma delas.

E as duas ergueram para o céu suas lanças de ponta prateada, em que se refletiu um raio pálido de luar. A continência era feita a Chico Áts, o chefe dos camisas-vermelhas, que atravessou a ponte com muita pressa.

— Todos estão aqui? — perguntou às sentinelas.

— Sim, capitão!

— Geréb também?

— Foi o primeiro a chegar, capitão!

O chefe respondeu com uma continência silenciosa, ao que as sentinelas levantaram novamente as lanças acima da cabeça.

Era a maneira deles de fazer continência.

Na clareirazinha da ilha todos os camisas-vermelhas estavam reunidos. À chegada de Chico Áts, o mais velho dos Pásztor exclamou:

— Continência!

As pontas prateadas das compridas lanças reluziram no ar.

— Temos de agir sem perda de tempo, rapazes — disse Chico Áts, depois de responder à continência —, pois cheguei um pouco atrasado. Vamos trabalhar. Acendam a lâmpada!

Era proibido acender a lâmpada até que o chefe chegasse. A lâmpada acesa significava a presença de Chico Áts na ilha. O mais moço dos Pásztor acendeu a lâmpada, e os camisas-vermelhas acocoraram-se, em círculo, à volta da luz. Ninguém falava, todos esperavam a palavra do chefe.

— Alguma novidade? — perguntou este.

Szebenics deu um passo à frente.

— Que há?

— Comunico-lhe, capitão, que do nosso arsenal desapareceu a bandeira vermelha e verde, que o capitão conquistara aos rapazes da rua Paulo.

O chefe franziu o cenho:

— Das armas não desapareceu nenhuma?

— Nenhuma. Como encarregado do arsenal, logo depois de chegado fui às ruínas contar os *tomahawks* e as lanças. Não faltava nada, a não ser a bandeirinha. Alguém deve tê-la roubado.

— Você viu rastos no chão?

— Sim, capitão. Como faço cada noite, em obediência aos estatutos espalhei areia fina no interior das ruínas.

Ao examiná-la, encontrei uns rastos pequenos, que vão da fenda ao canto onde estava a bandeirinha, e voltam do canto à fenda. Lá eles desaparecem, porque o chão é duro e coberto de ervas.

— Eram pequenos os rastos?

— Sim. Menores que os do Wendauer, que é de todos nós o que tem o pé menor.

Fez-se um grande silêncio.

— Um estranho deve ter penetrado no arsenal — disse o chefe. — E só pode ser alguém da rua Paulo.

Correu um murmúrio entre os meninos.

— Tenho esta impressão — prosseguiu Áts — porque, se fosse outro qualquer, teria levado pelo menos uma das armas. Ele, porém, levou só a bandeira. Os da rua Paulo devem ter encarregado alguém de roubá-la de volta. Você não saberá alguma coisa a esse respeito, Geréb?

Assim, pois, Geréb desempenhava o papel de um espião em regra.

— Não sei nada, capitão.

— Está certo, pode sentar-se. Veremos isto mais tarde. Por enquanto vamos tratar do assunto desta reunião. Lembrem-se da vergonha que sofremos outro dia. Enquanto nós todos estávamos na ilha, os inimigos pregaram um papel vermelho nesta árvore, e nós não os pudemos apanhar, tão hábeis foram eles. Depois corremos no encalço de dois garotos, que nada tinham que ver com o caso, até o bairro dos Funcionários, e somente lá verificamos que eles fugiam de nós sem motivo, enquanto nós corríamos atrás deles igualmente sem motivo. Aquele papel pregado na árvore foi para nós uma verdadeira humilhação, que exige vingança. Vamos ocupar o *grund*! Só esperamos até agora para Geréb nos fazer um relatório sobre o terreno. Ele vai fazê-lo, para depois escolhermos o dia do início das hostilidades.

Nisto olhou para Geréb:

— Geréb, levante-se.

Geréb levantou-se de novo.

— Faça o seu relatório. A que conclusão chegou?

— Eu... — começou o menino, um tanto embaraçado — pensei que talvez... nos pudéssemos apoderar daquele terreno mesmo sem luta. Vocês sabem... afinal eu também fiz parte do grupo deles... e não vejo por que seria justamente eu o motivo que... Pois bem, eu subornei o Eslovaco, que é o vigia do terreno: ele os vai... ele os vai enxo...

A voz morreu-lhe na garganta. Não podia continuar sob o olhar severo de Chico Áts. Este deu um berro naquela sua voz forte e funda, que fazia tremer os companheiros cada vez que ele se zangava.

— Não! Ao que parece, você não conhece ainda os camisas-vermelhas. Nós não vamos subornar ninguém, nem regatear. Se não nos derem o *grund* por bem, tomá-lo-emos à força. Não quero saber nem de suborno, nem de Eslovaco, raios que o partam! O que você nos propõe é uma coisa indecente.

Todos ouviam calados. Geréb não ousava levantar os olhos. Chico se ergueu.

— Se você tem medo, vá para casa! — disse com os olhos fulgurantes.

Geréb assustou-se muito. Sentia que, se os camisas-

-vermelhas o expulsassem agora, não teria mais lugar em parte alguma. Levantou, pois, a voz e procurou falar em tom mais corajoso:

— Não sou covarde! Estou com vocês, fico com vocês, juro-lhes fidelidade!

— Isto é outro falar — disse Chico Áts.

Mas via-se-lhe no rosto que não simpatizava com o ádvena.

— Se quiser ficar conosco, tem de jurar fidelidade às nossas leis.

— Com muito gosto — disse Geréb com um suspiro de alívio.

— Dê-me a mão, então.

Apertaram as mãos.

— De agora em diante você é tenente do nosso exército. Szebenics vai-lhe dar lança e *tomahawk* e inscreverá o seu nome no livro secreto. E agora escute. Não podemos adiar mais a coisa. O ataque está combinado para amanhã. Amanhã de tarde todos nós nos encontramos aqui. Metade da tropa entra pela rua Maria e ocupa os fortes. Para a outra metade você abrirá o portãozinho da rua Paulo, e essa metade rechaçará o inimigo. Se eles se retirarem para as pilhas de lenha, serão atacados pelos que estiverem ocupando as fortalezas. Precisamos de um terreno para jogar pela, e temos de arranjá-lo, custe o que custar.

Todos se ergueram de um pulo.

— Viva! — bradaram os camisas-vermelhas, brandindo as lanças no ar.

O chefe impôs silêncio com um aceno.

— Devo perguntar-lhe alguma coisa — disse a Geréb. — Não pensa que os da rua Paulo suspeitam que você é dos nossos?

— Não creio — disse o novo tenente. — Mesmo que um deles estivesse aqui outro dia, quando pregaram o papelzinho na árvore, não poderia ter-me visto na escuridão.

— Quer dizer que você poderá voltar lá amanhã sossegado?

— Poderei.

— Eles não suspeitarão de nada?

— De nada. E mesmo que suspeitem de alguma coisa, nenhum deles me dirá nada, pois todos eles têm medo de mim. Não tem entre eles nenhum rapaz corajoso!

Uma voz aguda interrompeu-o de repente:

— Tem sim!

Entreolharam-se todos. Chico Áts perguntou surpreendido:

— Quem falou?

Não houve resposta, e a voz aguda volveu:

— Tem, sim.

Dessa vez perceberam nitidamente que a voz vinha do alto da árvore. Logo depois os galhos frufrulharam, alguma coisa descia com estalos entre a folhagem, e um garoto louro apareceu ao pé da árvore. Ao pular do último galho ao chão, limpou a roupa tranquilamente, ficou em pé, direito como uma estaca, e fitou intrépido o grupo espantado dos camisas-vermelhas. Ninguém falou, de tal modo o aparecimento inesperado do garoto surpreendeu a todos.

Geréb empalideceu.

— Nemecsek — exclamou assustado.

— Sim — respondeu o lourinho —, sou eu! Não procurem muito aquele que roubou do arsenal a bandeira da rua Paulo, pois fui eu. Ei-la! Sou eu quem tem os pés tão pequenos, menores até que os de Wendauer. E, se eu quisesse, podia ficar muito bem no alto da árvore aguardando que vocês todos saíssem, pois estou lá desde as três e meia. Mas, quando ouvi o Geréb dizer que entre nós não havia nenhum rapaz de coragem, pensei: "Espere, vou-lhe mostrar que ainda há rapazes de coragem na rua Paulo; pelo menos um, Nemecsek, o soldado raso!". Pois estou aqui, observei toda a reunião de vocês, roubei a bandeira que nos tiraram; agora façam comigo o que quiserem, batam em mim, arranquem-me a bandeira da mão, pois espontaneamente não a devolverei. Vamos, avante! Não veem que estou sozinho, ao passo que vocês são dez?

Corou ao falar assim, e abriu os braços. Numa das mãos apertava a bandeirinha. Os camisas-vermelhas ainda não se haviam refeito do espanto, e não se cansavam de admirar o garotinho louro que aparecera no meio deles como que caído do céu e agora os estava desafiando corajosamente, em voz alta, como se tivesse forças para surrar todo o grupo, inclusive os dois Pásztor e Chico Áts.

Foram os Pásztor que se refizeram primeiro. Ladearam o lourinho e pegaram-no pelos braços. O mais moço ia torcer-lhe o braço direito para arrebatar-lhe a bandeirinha, quando o silêncio foi quebrado pela voz de Chico Áts:

— Alto lá! Não lhe façam mal!

Os Pásztor olharam com surpresa para o chefe.

— Não lhe façam mal! — repetiu este. — Gosto deste

rapaz! Você é rapaz corajoso, Nemecsek, se é que se chama assim. Toque aqui! Seja dos nossos!

Nemecsek balançou a cabeça negativamente.

— Isto não! — disse, obstinado.

Tremia-lhe a voz, não de medo, mas de emoção. Pálido, de olhar grave, repetiu:

— Isto não!

Chico Áts sorriu:

— Se não quer, tanto faz. Eu jamais convidei ninguém para ficar conosco. Todos os que estão aqui pediram que os aceitasse... Você é o primeiro a quem eu chamei. Mas, se não quer, não venha...

E voltou-lhe as costas.

— Que devemos fazer com ele? — perguntaram-lhe os Pásztor.

O chefe respondeu displicentemente:

— Tirem-lhe a bandeira!

Torcendo o braço a Nemecsek, o mais velho dos Pásztor arrebatou-lhe a bandeira vermelha e verde à mãozinha fraca. Apesar da dor — pois os Pásztor tinham o punho danadamente forte — o lourinho cerrou os dentes sem que um gemido sequer lhe saísse da boca.

— Está feito! — disse Pásztor.

Todos aguardaram curiosos a continuação, o terrível castigo que o poderoso Chico Áts inventaria contra o pequeno Nemecsek. Este se mantinha obstinadamente imóvel, cerrando os lábios.

Chico Áts virou a cabeça para ele e acenou aos Pásztor:

— Este é fraco demais. Não convém surrá-lo. Mas... deem-lhe um banho.

Os camisas-vermelhas acolheram a ideia com hilaridade. Chico Áts ria, os Pásztor riram. Szebenics jogou o barrete no ar, e Wendauer pôs-se a dar pulos como um louco. Até Geréb riu ao pé da árvore. Em todo esse grupo alegre só um rosto permaneceu grave: o rostinho de Nemecsek. Estava resfriado e tossia desde alguns dias atrás. A mãe proibira-lhe que saísse, porém o lourinho não se aguentara em casa: saíra às escondidas, e desde as três e meia estava sentado no alto da árvore. Mas por nada no mundo teria dito qualquer coisa. Dizer aos camisas-vermelhas que estava resfriado? Teriam dado novas gargalhadas. O próprio Geréb riria como estava rindo naquele momento, escancarando a boca e ostentando os dentes todos. Não disse nada, pois. Sofreu que no meio da alegria geral o levassem à beira do lago e o mergulhassem na água pouco profunda. Os dois Pásztor eram terríveis. Um deles apertava-lhe as duas mãos, o outro segurava-o pela nuca. Mergulharam-no na água até o pescoço, e nesse momento todos exultaram, na ilha. Os camisas-vermelhas dançavam de alegria, jogavam o barrete no ar e bradavam:

— Hurrá-ó, hurrá-ó!

Era o brado deles.

Os gritos fundiam-se com as gargalhadas, um barulho alegre quebrava o silêncio vesperal da ilha, e à beira da água, onde Nemecsek, mergulhado no lago, olhava para os demais com o olhar triste de um sapinho melancólico, Geréb, de pernas abertas, ria a bandeiras despregadas, acenando com a cabeça para o lourinho.

Depois os dois Pásztor o largaram, e Nemecsek saiu do lago. Foi então que o divertimento atingiu o auge, ao verem os trajes ensopados e enlameados do menino. Quando este levantou o braço, a água saiu da manga do paletó como de um regador. Todos se afastaram dele de um pulo quando se sacudia como um pequinês em que acabam de dar banho. Palavras sarcásticas fustigaram-no:

— Sapinho!

— Bebeu?

— Por que não nadou um pouco?

Não respondeu a nenhuma delas. Sorria com amargura, afagando o paletó molhado. Mas nesse momento Geréb pôs-se diante dele e perguntou-lhe num riso largo, com um jovial aceno de cabeça:

— Gostou?

Nemecsek fitou-o com os grandes olhos azuis e disse:

— Gostei. Preferi tomar um banho a ficar à beira do lago rindo de um camarada. Prefiro ficar na água até o Ano-Bom a conspirar com os inimigos de meus amigos. Pouco me importa que vocês me tenham dado um banho. Outro dia caí na água sozinho: foi quando o vi aqui pela primeira vez, entre estranhos. Podem convidar-me a ficar com vocês, adular-me, cumular-me de presentes: nada tenho que ver com vocês. Se me botarem na água mais uma vez, ou cem vezes, ou mil vezes, voltarei sempre: amanhã, depois de amanhã, e me esconderei em algum lugar onde vocês não me verão. Não tenho medo de nenhum de vocês. E, se vierem à rua Paulo tomar-nos o nosso terreno, lá estaremos. Lá, verão que, quando nós também somos dez, sabemos falar em outro tom. Comigo a briga não foi difícil! Vence quem é mais forte. Os Pásztor roubaram as minhas bolas de gude no parque do Museu, porque eram os mais fortes! Dez contra um, é fácil! Mas a mim pouco importa. Podem-me dar uma surra, se quiserem. Bastava eu não querer para não entrar na água, mas recusei o seu convite. Podem afogar-me ou matar-me a pauladas: eu nunca serei traidor como certos indivíduos... como este...

E com o braço estendido indicou Geréb, a quem o riso morreu na garganta. A luz da lanterna caiu sobre a linda cabecinha loura de Nemecsek e sobre seus trajes brilhantes de água. Encarava Geréb nos olhos com a coragem e o orgulho de um coração limpo, e sob esse olhar o outro sentia a consciência como que esmagada por um peso. Ficou sério e baixou a cabeça. Todos naquele momento observavam silêncio profundo, como se estivessem na igreja, e ouvia-se bem o gotejar da água caindo dos trajes molhados de Nemecsek no chão duro...

O silêncio foi quebrado pelo próprio Nemecsek.

— Posso ir-me embora? — perguntou.

Ninguém respondeu. Ele perguntou de novo:

— Não me darão uma surra? Posso ir-me embora?

Como o silêncio continuasse, tranquila e vagarosamente dirigiu-se para a ponte. Ninguém se mexeu, nenhum braço se levantou. Todos compreenderam que o lourinho era um verdadeiro herói, um menino que merecia ser adulto... As duas sentinelas da ponte, que haviam assistido mudas ao episódio, fitavam-no, mas não se atreviam a embargar-lhe o passo. Mas, quando Nemecsek pôs o pé na ponte, Chico Áts bradou em voz tonitruante:

— Continência!

As duas sentinelas perfilaram-se de lança erguida. Todos os demais juntaram os calcanhares e perfilaram-se também. Ninguém falou. O luar fez brilhar as pontas prateadas das lanças. Só os passos de Nemecsek ressoavam na ponte, cada vez mais surdos, à medida que se afastava. Depois, nem isto se ouvia mais: só um patinhar, como quando alguém caminha com os sapatos cheios de água... Nemecsek desapareceu.

Na ilha, os camisas-vermelhas entreolharam-se perplexos. Chico Áts permaneceu no centro da clareira, cabisbaixo. Nesse momento Geréb se aproximou dele, pálido, da cor da parede, e balbuciou:

— Pois é... escute... — começou.

Chico Áts virou-lhe as costas. Então Geréb dirigiu-se ao grupo imóvel, e pôs-se em frente do mais velho dos Pásztor.

— Pois é... escute... — balbuciou pela segunda vez.

Mas Pásztor, seguindo o exemplo do chefe, virou também as costas a Geréb, que ficou sem jeito e não sabia o que fazer. Por fim disse em voz embargada:

— Parece que posso ir-me embora.

Nem dessa vez houve resposta. E agora foi ele que partiu pelo mesmo caminho por onde o pequeno Nemecsek acabava de partir. A ele, porém, ninguém fez continência. As sentinelas, apoiadas no parapeito, olharam para a água. E os passos de Geréb foram-se afastando pelo jardim...

Quando os camisas-vermelhas ficaram a sós, Chico Áts parou bem em frente do mais velho dos Pásztor, tão perto que os seus rostos quase se tocaram. Perguntou-lhe baixinho:

— Foi você que tirou as bolas desse menino no parque do Museu?

Pásztor respondeu baixinho:

— Fui eu, sim.

— Seu irmão também estava lá?

— Também.

— Fizeram *einstand*?

— Fizemos.

— Não proibi aos camisas-vermelhas roubarem bolas a garotinhos fracos?

Os Pásztor permaneciam calados. Com Chico Áts não se discutia. O chefe fitou-os da cabeça aos pés e disse-lhes numa voz calma, que não admitia contradição:

— Vão tomar banho.

Os dois o olharam sem compreender.

— Não compreendem? Assim como estão, vestidos. Agora é a sua vez.

Vendo que nos lábios de alguns outros se esboçava um sorriso, disse:

— E quem rir deles, irá tomar banho também.

Assim todos perderam a vontade de rir. Áts olhou novamente para os Pásztor e disse com impaciência:

— Vamos, entrem na água. Até o pescoço, por favor. E já!

Depois voltou-se para os outros:

— Meia-volta! Não há nada que ver.

Os camisas-vermelhas deram meia-volta e ficaram de costas viradas para o lago. Nem sequer Chico Áts olhou como os Pásztor executaram a sentença contra si mesmos. Entraram no lago vagarosamente, com tristeza, e sentaram-se obedientes, ficando na água até o pescoço. Os outros não os viam, mas ouviam-lhes o chapinhar. Chico Áts olhou para o lago, e, tendo-se convencido de que estavam na água até o pescoço, ordenou:

— Depor armas! Avante!

E conduziu a tropa para fora da ilha. As sentinelas sopraram a luz da lanterna e juntaram-se à tropa, que atravessou a ponte a passo militar e desapareceu entre as moitas do Jardim Botânico...

Os dois Pásztor saíram da água. Entreolharam-se, afundaram as mãos nos bolsos segundo o costume, e partiram, eles também, sem trocar uma palavra. Sentiam grande vergonha.

E a ilha ficou sozinha no silêncio daquela noite enluarada de primavera...

6

No dia seguinte, por volta das duas e meia da tarde, quando os meninos entravam um após outro no *grund*, viram uma grande folha de papel, pregada no portão, do lado de dentro, com quatro pregos enormes.

Era uma proclamação escrita por Boka — que para isso sacrificara o seu descanso noturno — em letras de fôrma, a nanquim, salvo as iniciais de cada frase, pintadas em tinta cor de sangue. O texto completo do manifesto era este:

PROCLAMAÇÃO!!!

Alerta!

Nosso território é ameaçado por grande perigo! Se não demonstrarmos coragem, tomar-nos-ão todo o terreno!

O grund *está em perigo!*

Os camisas-vermelhas querem agredir-nos!

Mas lá estaremos para defender o nosso território, à custa de nossas vidas, se for preciso!

Que cada um cumpra com o seu dever!

O Presidente.

Nesse dia ninguém teve vontade de jogar. A pela ficou sossegada no bolso de Richter, o guarda-pelas. Todos andavam de um lado para outro, discutiam a guerra próxima, voltavam à proclamação fixa no portão, e reliam de dez a vinte vezes as palavras animadoras. Alguns até a haviam decorado, e do alto de uma pilha de lenha recitavam-na em tom marcial para outros que a ouviam e, aliás, a sabiam também de cor e salteado. Nem por isso deixavam de ouvir boquiabertos, para depois voltarem ao portão, relerem o texto e recitarem-no por sua vez, trepados no alto de outra pilha.

Toda a turma estava emocionada com aquela proclamação, a primeira do gênero. O caso devia mesmo estar sério e o perigo bem grande, para que Boka chegasse a promulgar uma proclamação e assiná-la do próprio punho.

Muitos já estavam a par de algumas novidades. Num ou outro grupo ouvia-se o nome de Geréb, sem que se soubesse algo de seguro. O presidente, por vários motivos, preferira manter silêncio sobre o caso Geréb. Entre outros, pretendia colhê-lo em flagrante no próprio *grund* e levá-lo incontinente a julgamento. Pois nem mesmo Boka podia supor que o pequeno Nemecsek tivesse penetrado por conta própria no Jardim Botânico para ali armar, no meio do exército inimigo, um escândalo tremendo... O presidente só foi informado daquilo pela manhã, depois da aula de latim, quando no porão, onde o porteiro vendia sanduíches, Nemecsek o chamou à parte para contar tudo.

Entretanto, mesmo às duas e meia da tarde reinava ainda no *grund* uma insegurança geral: todos aguardavam o presidente.

Além da emoção geral havia um motivo de emoção particular. A Sociedade do Betume estava em polvorosa: o betume da sociedade tinha secado, gretara e ficara imprestável, de modo que não era mais possível amolgá-lo. A responsabilidade, sem a menor dúvida, cabia ao presidente em exercício, pois, como todos devem estar lembrados, constituía tarefa dele mastigar o betume de vez em quando. Kolnay, o novo presidente, deixou de cumprir este dever de maneira inqualificável. Não será difícil adivinhar quem reclamou primeiro contra esse estado de coisas. Barabás andava de um sócio para outro e condenava em termos violentos a displicência do presidente. Sua agitação surtiu efeito, pois em cinco minutos obteve que parte dos sócios exigisse a convocação de uma assembleia geral. Kolnay suspeitava-lhe as intenções.

— Está certo — disse —, mas o caso do *grund* tem agora preferência. Só convoco a assembleia geral para amanhã.

Mas Barabás fez barulho.

— Não admitimos isto! — gritava. — Parece que o Sr. Presidente tem medo.

— De você?

— Não de mim, mas da assembleia geral. Exigimos a convocação imediata.

Kolnay ia responder, quando, junto do portão, ressoou o grito dos rapazes da rua Paulo:

— Olá-ó, olá-ó!

Todos os olhares se voltaram para lá. Era Boka, que entrava pelo portãozinho, acompanhado de Nemecsek, que trazia um grande cachecol vermelho de crochê em volta do pescoço. A chegada do presidente pôs fim à discussão. Kolnay cedeu:

— Está certo, convoco a assembleia para hoje. Mas vamos primeiro ouvir Boka.

— Concordo — disse Barabás.

Mas já os membros da Sociedade do Betume, com os outros meninos, estavam todos em redor de Boka, e assediavam-no com mil perguntas.

Barabás e Kolnay foram também juntar-se aos outros. Com um aceno, Boka pediu silêncio e depois, em meio à atenção geral, disse:

— Rapazes! Já leram na proclamação que um grande perigo nos ameaça. Nossos espiões penetraram no acampamento inimigo e souberam que os camisas-vermelhas projetam o ataque para amanhã...

Houve um murmúrio confuso. Ninguém esperava a guerra para tão cedo.

— Sim, para amanhã — retomou Boka — e, portanto, a partir de hoje proclamo o estado de sítio. Cada um deve obediência absoluta a seus superiores; os oficiais, todos eles, devem obediência a mim. Não pensem, sobretudo, que se trata de uma brincadeira. Os camisas-vermelhas são rapazes fortes e são muitos. A luta será violentíssima. Entretanto não queremos forçar ninguém. Convido os que não quiserem tomar parte nela a declará-lo.

Fez-se um grande silêncio. Ninguém quis tirar o corpo fora. Boka repetiu o apelo.

— Quem não quiser tomar parte na guerra dê um passo à frente. Ninguém se mexe?

Todos gritaram a uma voz:

— Ninguém!

— Então, deem-me a palavra de que estarão aqui amanhã às duas horas sem falta.

Um após outro, todos foram apertar a mão de Boka e prometeram-lhe estar lá na hora marcada. Depois de ter a promessa de todos, Boka levantou a voz:

— Pois bem, quem não aparecer amanhã é um vil traidor, e se, depois, puser os pés aqui será enxotado a cacetadas.

Leszik saiu da fila:

— Sr. Presidente, todos estamos aqui, salvo Geréb.

Silêncio mortal. Todos estavam ansiosos de saber que fim levara Geréb. Mas Boka não era homem para modificar as suas intenções por tão pouco. Não queria entregar Geréb senão depois de o ter pego em flagrante.

Vários meninos perguntaram:

— Que é que ele tem?

— Nada — respondeu Boka, tranquilo. — Falaremos disto noutra ocasião. Por enquanto, tratemos de vencer a batalha. Mas antes de comunicar-lhes as minhas ordens, tenho de fazer-lhes uma declaração. Qualquer desentendimento entre nós tem de acabar. Os que estão brigados têm de reconciliar-se.

Fez-se novo silêncio.

— Então? — perguntou o presidente. — Não há brigas entre vocês?

Weiss falou baixinho:

— Parece-me que...

— Fale!

— Que o Kolnay... e o Barabás...

— É verdade?

Barabás corou.

— Sim — disse —, o Kolnay...

Kolnay atalhou:

— Sim, o Barabás...

— Façam as pazes imediatamente — bradou Boka —, senão os ponho a ambos no olho da rua. Só poderemos combater se todos formos amigos.

Os dois inimigos avançaram de má vontade e apertaram um a mão do outro sem grande entusiasmo. Mal se separaram, e Barabás já observava:

— Sr. Presidente!

— Que é?

— Tenho uma condição.

— Qual é?

— Peço que... se por acaso os camisas-vermelhas não nos agredirem, eu possa de novo... ficar brigado com o Kolnay, porque...

Mas Boka fitou-o com um olhar que parecia atravessá-lo:

— Cale a boca!

Barabás calou-se, não sem resmungar um pouco com os seus botões. O que lamentava sobretudo era não poder dar um empurrão em Kolnay, o qual sorria alegremente...

— E agora — disse Boka —, soldado, dê-me o plano de guerra.

Nemecsek, solícito, levou a mão ao bolso, de onde retirou uma folha de papel. Era o plano de batalha esboçado por Boka entre o almoço e a reunião. O plano apresentava-se assim:

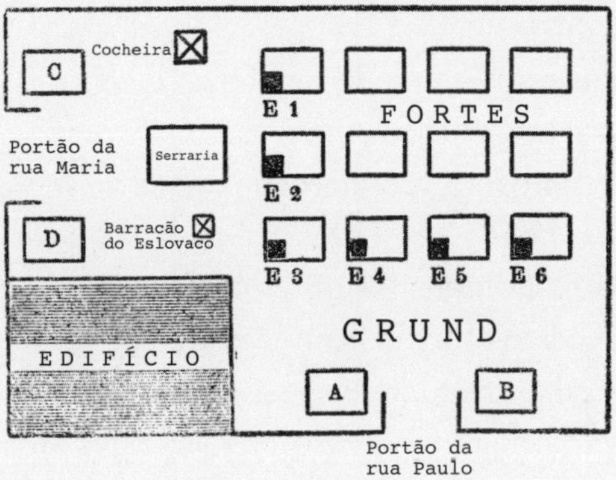

Colocou-o numa pedra, e os meninos, acocorados em redor, observaram o papel cheios de curiosidade. Cada um estava impaciente de saber o encargo que lhe era destinado. Boka entrou a dar explicações:

– Escutem bem. Olhem sempre para o desenho. É a planta do nosso território. O inimigo, segundo o relatório dos nossos espiões, atacará ao mesmo tempo de dois lados: da rua Paulo e da rua Maria. Vamos por ordem. Os dois quadrados marcados por A e B indicam os dois batalhões encarregados de proteger o portão da rua Paulo. O batalhão A é composto de três homens sob as ordens de Weiss, o batalhão B também de três, comandados por Leszik. O portão da rua Maria é também defendido por dois batalhões: o C e o D, comandados respectivamente por Richter e Kolnay.

Houve uma interrupção:

— Por que não por mim?

— Quem foi? — perguntou Boka, severo.

Barabás levantou-se.

— Ainda você? Mais uma palavra, e mando-o julgar pelo tribunal. Sente-se.

Barabás resmungou alguma coisa e sentou-se. Boka retomou a explicação:

— Os pontos pretos marcados com E, seguidos de números, indicam os fortes. Estes serão abastecidos de areia, de forma que dois homens bastarão para cada um. É fácil lutar com areia. Aliás os fortes ficam tão perto um do outro que, um deles sendo agredido, os defensores do outro também poderão bombardear os agressores. Os fortes de números 1, 2 e 3 protegem o *grund* do lado da rua Maria, e os de números 4, 5 e 6 apoiam os batalhões A e B com suas bombas de areia. Indicarei em seguida a guarnição de cada forte. Os chefes de batalhão escolherão cada um dois homens. Compreenderam?

— Sim — responderam em coro.

Todos escutavam o presidente boquiabertos, e fitavam de olhos arregalados a esplêndida planta de guerra. Alguns pegaram até de seus livrinhos de notas e foram cuidadosamente anotando tudo o que o presidente dizia.

— Pois bem — disse Boka —, é esta a colocação das tropas. Agora vem a ordem do dia propriamente dita. Prestem bem atenção. As tropas A e B, quando a sentinela postada no alto da cerca anunciar a aproximação do inimigo, abrirão o portão.

— Abriremos?

— Sim, abrirão. Nós não nos estamos escondendo; aceitamos a batalha. Deixem que eles entrem para depois rechaçá-

-los. Pois bem: abrirão a porta e deixarão entrar o exército inimigo. Quando o último deles tiver entrado, vocês os agredirão. Nesse momento os fortes de números 4, 5 e 6 começam o bombardeio. É essa a tarefa do exército da rua Paulo. Se puderem, expulsem os inimigos; senão, procurem impedi-los de atravessar a linha formada pelos fortes números 3, 4, 5 e 6, contendo-os dentro do *grund*. O outro exército, o da rua Maria, terá tarefa mais difícil. Prestem bem atenção, Richter e Kolnay. Os batalhões C e D mandarão uma sentinela para a rua Maria. Logo que o segundo exército dos camisas-vermelhas aparecer na rua, os batalhões formarão em linha de batalha. No momento em que os camisas-vermelhas penetrarem pelo portão, os dois batalhões começarão uma retirada fingida. Olhem para a planta... estão vendo? O batalhão C, que é o seu, Richter, retira-se correndo para a cocheira...

Mostrava-a com o dedo:

— Aqui? Compreende?

— Perfeitamente.

— Ao mesmo tempo, o batalhão D, o de Kolnay, retira-se também correndo para o barracão do Iano. Agora, atenção: estou chegando ao principal. Olhem sempre para a planta. Os camisas-vermelhas vão então contornar a serraria e toparão com os fortes números 1, 2 e 3, os quais começarão a bombardeá-los. Nesse momento os batalhões C e D sairão um da cocheira, outro do barracão do Eslovaco, e agredirão o inimigo pelas costas. Se vocês combaterem com coragem, ele então estará num beco sem saída e terá de render-se. Se não se render, vocês o forçarão a refugiar-se no barracão e fecharão a porta por fora. Isto feito, o batalhão C ao lado do barração, e o batalhão D, depois de contornadas as pilhas de lenha, ao lado do forte 6, cairão sobre o inimigo, acudindo aos batalhões A e B, enquanto a guarnição dos fortes 1 e 2 se transferirá para os fortes 4 e 5, e intensificará o bombardeio. Nesse momento os batalhões A, B, C e D atacam formando uma linha única e empurram o inimigo para o portão da rua Paulo. Por cima da cabeça deles todos os fortes bombardearão o inimigo, que não poderá resistir a tantas forças reunidas. Então os rechaçaremos pelo portão. Compreenderam?

Como resposta os meninos ergueram-se de um pulo e com extraordinário alvoroço agitaram os lenços, atiraram os chapéus ao ar. Nemecsek retirou do pescoço o grande cachecol vermelho e berrou em voz gripada:

— Biba o bresidente!

— Viva! — responderam os outros. Boka pediu silêncio:

— Há mais uma coisa. Eu permanecerei com o meu ajudante de ordens perto dos batalhões C e D. O que eu ordenar por intermédio dele, vocês terão de considerar como ordem pessoal minha.

Uma voz perguntou:

— Quem será o ajudante de ordens?

— Nemecsek.

Alguns rapazes trocaram olhares, os membros da Sociedade do Betume até cotoveladas: alguém devia protestar contra isso. Ouvia-se um diálogo abafado:

— Ande, fale.

— Fale você.

— Por que eu? Fale você.

Boka fitou-os com surpresa:

— Terão alguma objeção?

Leszik foi o único a ter coragem de falar:

— Sim.

— Qual?

— Na assembleia geral da Sociedade do Betume... outro dia... quando...

Mas Boka perdeu a paciência e retorquiu zangado:

— Chega de bobagens. Cale a boca. As suas besteiras não me interessam. Meu ajudante de ordens será Nemecsek. Tenho dito. Quem formular a menor objeção será julgado pelo tribunal de guerra.

A ameaça era bastante severa, mas todos compreenderam que em tempo de guerra não havia outro jeito. Conformaram-se, pois, com a decisão de Boka. Apenas os membros da Sociedade do Betume continuaram a cochichar entre si. Lamentavam que, na guerra, papel tão importante coubesse a um indivíduo que a assembleia geral da Sociedade proclamara traidor e cujo nome fora escrito todo em minúsculas no Livro Negro da Sociedade. Se soubessem...!

Boka tirou do bolso um papel e leu os nomes dos que integravam as quatro guarnições. Os chefes de batalhão escolheram cada qual os seus dois homens. Tudo isso foi feito com a maior seriedade, e os rapazes, de tão emocionados, não pronunciaram uma palavra supérflua. Terminado tudo isso, Boka ordenou:

— Todos a postos. Faremos uma manobra.

Os meninos dispersaram-se, correndo cada um para o seu posto.

— Todos aguardem novas ordens — gritou-lhes Boka,

que ficou no meio do *grund* com Nemecsek, o ajudante de ordens, o qual, coitadinho, tossia muito.

— Ernesto — disse-lhe Boka, com brandura —, bote o cachecol no pescoço. Está muito resfriado.

Nemecsek olhou para o amigo e obedeceu-lhe como se ele fosse seu irmão mais velho. Envolveu novamente o pescoço no grande cachecol vermelho, de forma que só se lhe viam as pontas das orelhas.

Feito isto, Boka disse:

— Agora mandarei por você uma ordem ao forte nº 2. Escute bem...

Mas nesse instante Nemecsek fez uma coisa que nunca fizera: interrompeu o seu superior.

— Desculpe, mas primeiro quero dizer-lhe alguma coisa.

Boka franziu as sobrancelhas:

— Que é?

— Há pouco, os membros da Sociedade do Betume...

— Ora essa! — exclamou o presidente com impaciência. — Será que você também leva a sério essas bobagens?

— Sim — respondeu Nemecsek —, pois eles também as levam a sério. Sei que são uns burros e não me importo com o que pensam de mim, mas não queria... que você... que você também me desprezasse...

— Por que o desprezaria?

De entre as franjas do cachecol vermelho a voz saiu meio chorosa:

— Pois eles me declararam... me declararam... traidor...

— Traidor? Você?

— Sim, eu.

— Gostaria de saber por quê.

Nemecsek expôs os últimos acontecimentos, balbuciando, com voz abafada: que tivera de sair correndo precisamente no momento em que os membros da Sociedade prestavam o juramento secreto; que eles aproveitaram imediatamente essa circunstância para concluir que ele corria por não ter coragem de fazer parte da sociedade; que o chamaram de reles traidor; que tudo isso, no fundo, acontecera porque os alferes, tenentes e capitães começavam a zangar-se pelo fato de o presidente se dar mais com ele, o simples soldado raso, e iniciá-lo nos segredos de Estado antes dos outros; que, afinal, lhe haviam escrito o nome no Livro Negro, todo com minúsculas.

Boka ouviu-o com atenção, calado. Lamentava que houvesse entre os seus comandados rapazes tão tacanhos. Era um moço inteligente, mas ainda não sabia que os outros são totalmente diversos de nós, e que devemos aprendê-lo, cada vez, ao preço de uma decepção. Depois encarou o lourinho afetuosamente:

— Está bem, Ernesto. Agora se ocupe dos seus negócios e não se importe com eles. Não quero dizer-lhes nada antes da guerra. Mas, quando sairmos da luta, vou ajustar contas com eles. Bem. Agora, a galope aos fortes 1 e 2: ordeno que as guarnições se transfiram imediatamente aos fortes 4 e 5. Quero ver de quanto tempo eles precisam para levar a cabo essa operação.

O soldado perfilou-se, executando uma continência impecável. Estava aflito por ver que a questão da sua honra ficava adiada por causa da guerra — mas reprimiu a amargura e disse com brevidade marcial:

— Pois não, presidente.

E pôs-se a correr a galope. Nuvens de poeira levantavam-se à sua passagem e num abrir e fechar de olhos o ajudante de ordens desapareceu entre as pilhas de lenha, do alto das quais emergiam cabecinhas redondas com os olhos esbugalhados de tão curiosos. Via-se-lhes no rosto aquela emoção que se apoderava dos soldados em vésperas da batalha, segundo nos informam os correspondentes de guerra, todos eles pessoas corajosas e conhecedoras dos homens.

Boka ficou sozinho no meio do *grund*. Da rua, por cima da cerca, vinha um barulho de carros; ele, porém, tinha a impressão de que não se achava no centro de uma grande cidade, mas sim nalgum lugar distante, no estrangeiro, numa grande planície onde no dia seguinte uma batalha ia decidir da sorte de nações. Os rapazes dispersaram-se sem um grito; todos a postos aguardavam ordens. Boka sentia que nesse momento tudo dependia dele — o bem-estar daquela minúscula sociedade, as tardes alegres, as partidas de pela e de outros jogos, os divertimentos de seus amigos — e enchia-se de orgulho por ter-se encarregado de uma tarefa tão bela.

"Sim", disse consigo mesmo. "Defendê-los-ei."

Envolveu num olhar o querido *grund*. Olhou em direção das pilhas de lenha, por trás das quais se levantava curiosa a esbelta chaminé da serraria, cuspindo as brancas nuvenzinhas de vapor com alegria tão sossegada como se aquele dia fosse como os outros, como se tudo não estivesse em perigo...

Sim, Boka sentia-se como um grande capitão pouco antes da batalha decisiva. Pensava em Napoleão... Depois os seus pensamentos se aventuraram pelo futuro adentro. Como seria? Que fim levaria ele? Acabaria soldado de verdade, capitão a comandar um exército fardado, em algum lugar longínquo, num verdadeiro campo de batalha... Para defender não um pedacinho de terra tão pequeno como o *grund*, mas aquela grande porção de terra querida que se chama pátria? Ou acabaria médico, enfrentando diariamente as enfermidades numa grande batalha, séria e renhida?

Enquanto Boka meditava assim, o crepúsculo primaveril vinha descendo silencioso. O presidente soltou um suspiro e dirigiu-se para os fortes a fim de passar em revista a guarnição deles.

Do alto dos fortes, os meninos viram-no aproximar-se. Preparavam tudo à lufa-lufa, arrumaram as bombas de areia e perfilaram-se.

Mas o presidente parou a meio caminho e olhou para trás, como quem ouve um barulho. Depois virou-se e a passos rápidos foi ao portãozinho da cerca em que batiam. Tirou o ferrolho e abriu o portão.

Recuou de surpresa. Na sua frente estava Geréb.

— É você? — perguntou-lhe perplexo o recém-chegado.

Boka não sabia o que responder. Geréb foi entrando devagar e fechou o portão atrás de si, sem que o outro atinasse com o objetivo da visita. De qualquer maneira, ele não vinha alegre e seguro como sempre. Estava triste e pálido, e ajeitava o colarinho com nervosismo. Via-se que desejava dizer alguma coisa, mas não sabia como principiar. Como Boka não falasse, os dois ficaram a encarar-se durante algum tempo, mudos e sem jeito. Por fim Geréb quebrou o silêncio:

— Vim para... para conversar com você.

Então Boka recobrou a voz e disse com grave simplicidade:

— Não tenho o que falar com você. Acho melhor que saia agora mesmo por onde entrou.

Mas o outro não seguiu o conselho:

— Olhe, Boka, sei que você descobriu tudo. Sei que vocês todos sabem que eu me bandeei para os camisas-vermelhas. Mas vim como amigo e não como espião.

Boka replicou sem levantar a voz:

— Como amigo você não pode ter vindo aqui.

Geréb baixou a cabeça. Estava preparado para ser tratado com grosseria, para ser posto no olho da rua; o que não esperava era aquela voz triste e baixa. Aquilo doía-lhe mais do que uma surra. Ele também baixou a voz:

— Eu vim para reparar o meu erro.

— Não é possível.

— Mas veja... eu estou arrependido... arrependidíssimo... e trouxe de volta a bandeira de vocês que Chico Áts lhes tirou... e que o pequeno Nemecsek foi depois buscar na ilha... e que os Pásztor, depois, lhe arrancaram da mão...

E tirou de sob o paletó a bandeirinha vermelha e verde. Um brilho passou nos olhos de Boka. A bandeirinha estava amarrotada, rasgada; via-se que já fora disputada. Mas era justamente o que havia de bonito naquela bandeirinha: estava esfarrapada, como uma bandeira de verdade que volta da batalha.

— Esta bandeira — disse Boka —, retomá-la-emos nós mesmos aos camisas-vermelhas. E, se não pudermos retomá-la, então tudo estará acabado... Nesse caso teremos de sair daqui... separar-nos-emos, não mais ficaremos juntos... Mas *assim* a bandeira não nos interessa. E você também não nos interessa...

Fez menção de ir-se embora e virar as costas a Geréb. Este, porém, reteve-o pela aba do paletó.

— João — disse com voz embargada —, reconheço que pequei contra vocês. Quero reparar o meu erro. Perdoem-me.

— Oh! — respondeu Boka. — Eu já o perdoei.

— Então permitem que eu volte?

— Isso não.

— De forma alguma?

— De forma alguma.

Geréb pegou do lenço e levou-o aos olhos. Boka falou com tristeza:

— Não chore, Geréb, não quero que chore na minha frente. Vá para casa e deixe-nos em paz. Voltou porque os camisas-vermelhas estão fartos de você.

Geréb guardou o lenço e quis mostrar-se um homem:

— Está certo: vou-me embora e nunca mais vocês me verão. Mas dou-lhe a minha palavra que, se voltei, não foi porque os camisas-vermelhas se puseram a odiar-me. Houve outro motivo.

— Que motivo?

— Não o digo. Talvez você venha a sabê-lo um dia. Mas ai de mim se o souber...

O presidente ficou pasmado:

— Não entendo.

— Agora não posso explicá-lo — balbuciou Geréb, dirigindo-se para o portãozinho.

Parou um momento e virou-se mais uma vez para dizer:

— Seria inútil eu pedir-lhe mais uma vez que me aceitasse?

— Inútil.

— Então... não peço.

Saiu correndo e bateu o portão. Boka teve um momento de incerteza. Pela primeira vez na vida fora cruel com alguém. E já avançava para segui-lo, para gritar-lhe: "Está bem, volte, mas depois tenha juízo!", quando de repente se lembrou de uma cena. Via Geréb rir dele e de Nemecsek, e fugir dos dois, na rua Paulo, enquanto eles permaneciam à beira da calçada, aflitos, cabisbaixos, o riso de escárnio de Geréb a ressoar-lhes nos ouvidos.

"Não", disse consigo mesmo. "Não o farei voltar. Ele não presta mesmo."

E virou-se para visitar os fortes, mas estacou de surpresa. Todos os meninos estavam no alto das pilhas de lenha. Todos eles, inclusive os que não faziam parte das guarnições, formados em cima das pilhas quadrangulares, tinham assistido, sem articular uma palavra e com a respiração suspensa, à cena entre Geréb e Boka. E quando Geréb saiu e Boka se dirigiu para os fortes, a emoção contida explodiu de repente e todo o exército se pôs, como um só homem, a aclamá-lo ao mesmo tempo.

Chapéus voaram para o ar e uma multidão de vozes juvenis bradava:

— Viva! Viva o Presidente!

Um assobio medonho cortou o ar, como talvez nem uma locomotiva seja capaz de produzir por mais que se esforce. Assobio poderoso, triunfante. Vinha naturalmente dos lábios de Csónakos, que olhou em redor, muito feliz, e escancarou a boca num riso largo:

— Ah!... em toda a minha vida não dei um assobio com tanto gosto!

No meio do *grund*, Boka respondeu às aclamações do exército com uma continência comovida e satisfeita. Lembrou-se novamente do grande Napoleão. Só ele foi amado assim pela sua velha guarda...

Todos haviam testemunhado a cena, e agora todos estavam a par das atividades de Geréb. Embora a conversa dos dois meninos não lhes chegasse aos ouvidos por causa da distância, tinham observado os gestos, e graças a estes compreenderam tudo. Tinham visto a atitude de repulsa de Boka; tinham visto que ele não estendera a mão a Geréb; tinham visto Geréb chorar, afastar-se, voltar-se da porta e dirigir-se uma última vez a Boka. A essa altura todos se assustaram e Leszik dissera baixinho:

— Meu Deus... é capaz de perdoá-lo!

Quando, porém, viram Boka sacudir a cabeça negativamente e Geréb ir-se embora de vez, o entusiasmo prorrompeu em salvas ao presidente. Gostavam de ver que o seu presidente não era uma criança, mas sim um homem de responsabilidades. Vinha-lhes o desejo de abraçá-lo, mas o momento era de guerra: deviam contentar-se com um brado. Também não pouparam os pulmões, e berraram a mais não poder.

— Você é o tal, velhinho! — disse Csónakos com orgulho.

Mas logo se corrigiu, assustado:

— Você é o tal, Sr. Presidente!

Então começou a manobra. Ouviam-se palavras de ordem vigorosas; passavam tropas entre as pilhas de lenha; dirigiam-se ataques contra os fortes; bombas de areia voavam. Tudo corria às mil maravilhas, cada um desempenhava bem o próprio papel, o que levou ao cúmulo o entusiasmo.

— Venceremos! — ouvia-se de toda a parte.

— Havemos de rechaçá-los!

— Amarraremos os prisioneiros com cordas!

— Prenderemos o próprio Chico Áts!

Só Boka ficou sério.

— Não festejem a vitória tão cedo — disse-lhes. — Poderão exultar depois da guerra. Agora quem quiser pode ir para casa. Repito: quem não estiver aqui amanhã na hora marcada é um perjuro!

Era o fim da manobra. Mas ninguém estava com vontade de ir para casa. Dividiram-se em grupos e puseram-se a comentar o caso Geréb.

De repente Barabás pegou a berrar:

— Sociedade do Betume! Sociedade do Betume!

— Que tem você? — perguntaram-lhe os outros.

— Quero a assembleia geral!

Kolnay lembrou-se de que pouco antes prometera a assembleia geral, perante a qual devia defender-se da acusação de ter deixado secar o betume da sociedade. Conformou-se a contragosto:

— Pois não! Está convocada a assembleia geral. Peço aos senhores sócios que me acompanhem.

E os senhores sócios, encabeçados pelo intrigante Barabás, saíram de dentro das pilhas de lenha e juntaram-se ao pé da cerca para a assembleia geral.

— Vamos, vamos! — berrava Barabás.

Kolnay disse em tom oficial:

— Declaro aberta a assembleia geral. O Sr. Barabás pediu a palavra.

— *Hã-hã* — começou Barabás, temperando a garganta ameaçadoramente. — Senhores sócios! O Sr. Presidente quase teve sorte. A manobra por pouco não fez adiar esta assembleia que há de demiti-lo sumariamente.

— Alto lá! — gritavam os adeptos do partido situacionista.

— Não adianta gritarem alto lá — bradava o orador —, pois sei muito bem o que digo. O Sr. Presidente conseguiu protelar a assembleia por algum tempo sob o pretexto das manobras, mas não o conseguirá mais. Agora, com efeito...

Interrompeu-se de repente. Batiam com força no portão da cerca, e qualquer barulho desses enervava agora os meninos. Nunca se podia saber se não era o inimigo que se aproximava.

— Quem será? — perguntou o orador.

Todos aguçavam os ouvidos.

As pancadas repetiram-se fortes, insistentes.

— Estão batendo no portão — disse Kolnay em voz trêmula.

E foi espiar por uma fenda da cerca. Voltou com ar surpreendido para anunciar-lhes:

— É um senhor.

— Um senhor?

— Sim. Um senhor de barbas.

— Pois então abra.

Kolnay abriu. Era com efeito um senhor bem trajado;

vestia um sobretudo de grande gola preta. Usava barba preta circular e óculos. Parou no soalho e gritou:

— São vocês os rapazes da rua Paulo?

— Somos, sim, senhor — respondeu toda a Sociedade do Betume.

Então o homem de sobretudo entrou, olhando para eles muito mais manso.

— Sou o pai de Geréb — disse, enquanto fechava o portãozinho atrás de si.

Todos permaneceram calados. O caso devia ser grave, para o pai de Geréb tomar o incômodo de vir até lá. Leszik deu um empurrão em Richter:

— Corra, vá chamar Boka.

Richter foi correndo à serraria, onde Boka estava precisamente contando aos outros as façanhas de Geréb. O homem de barba passa-piolho dirigiu-se à Sociedade do Betume:

— Por que expulsaram o meu filho?

Kolnay adiantou-se:

— Ele nos traiu, bandeando-se para os camisas-vermelhas.

— Quem são os camisas-vermelhas?

— Outro grupo de rapazes que frequentam o Jardim Botânico... mas agora querem-nos tomar este lugar, porque não têm onde jogar pela. São os nossos inimigos.

O homem de barba preta franziu o cenho:

— Há pouco meu filho entrou em casa chorando. Levei tempo a interrogá-lo para saber o que tinha; não queria confessar. Por fim, diante de ordem expressa, de minha parte, confessou que vocês o acusavam de traição. Eu então lhe

disse: "Pois vou agora mesmo pegar o chapéu e avistar-me com esses rapazes. Falarei com eles e perguntarei o que há de verdade nessa história. Se não for verdade, exigirei que te peçam perdão. Mas se for verdade, vais ver, pois teu pai tem sido em toda a vida homem de bem, e não admitirá que o filho se torne traidor dos amigos". Foi o que eu lhe disse. Eis-me, pois, aqui, e peço-lhes que me digam, pela sua honra, se meu filho os traiu, ou não. Vamos!

Houve um grande silêncio.

— Então? — volveu o pai de Geréb. — Não tenham medo de mim. Devo saber se foram injustos com meu filho ou se ele merece realmente castigo.

Ninguém respondeu. Ninguém quis entristecer aquele homem de sobretudo, que parecia um homem bom e se mostrava tão cioso do caráter do filho colegial. Ele virou-se para Kolnay:

— Foi você quem disse que ele os traiu. Tem de prová-lo. Quando traiu? Como traiu?

— Eu... — balbuciou Kolnay — eu... apenas ouvi dizer...

— Ouvir dizer não é nada. Quem sabe algo de certo a respeito? Quem viu? Quem sabe?

Nesse momento apareceram do lado das fortalezas Boka e Nemecsek, acompanhados de Richter. Kolnay soltou um suspiro de alívio:

— O senhor está vendo o lourinho que vem aí?... É o Nemecsek... foi ele quem viu. Ele sabe informar.

Aguardaram que os três chegassem perto deles. Mas Nemecsek dirigia-se para o portão. Kolnay chamou-os.

— Agora não é possível — disse Boka. — O senhor espere um pouco, por favor. O Nemecsek está passando muito mal, teve um acesso de tosse... tenho de levá-lo para casa...

O homem de barba preta, ao ouvir o nome Nemecsek, chamou-o em voz alta:

— É você, Nemecsek?

— Sim, senhor — respondeu o lourinho, chegando-se ao homem de barba preta.

Este o interpelou com rudeza:

— Sou o pai de Geréb e vim aqui para saber se o meu filho é traidor ou não. Seus companheiros dizem que você viu, que você sabe. Responda-me sob palavra de honra: é verdade ou não é?

As faces de Nemecsek ardiam de febre. Sentia-se mal de verdade, arfavam-lhe as têmporas, tinha as mãos em brasa. Tudo, em volta, lhe parecia tão estranho! Aquele senhor de barbas e óculos, que lhe falara com a mesma severidade do Sr. Professor Rácz quando se dirigia aos maus alunos... toda aquela rapaziada a fitá-lo... a guerra... todas aquelas emoções... e aquela pergunta rude atrás da qual adivinhava uma grande ameaça para Geréb se lhe demonstrassem a traição...

— Responda! — insistia o homem de barba preta. — Agora é a sua vez! Responda! Ele traiu mesmo?

O lourinho respondeu corajosamente, com as faces vermelhas, os olhos brilhando de febre, baixinho como se fosse ele o culpado e se confessasse:

— Não, senhor. Não traiu.

O pai virou para os outros com orgulho:

— Então vocês mentiram?

A Sociedade do Betume estava tonta. Não se ouvia uma palavra.

— Ah, ah! — disse com sarcasmo o homem de barba preta. — Então mentiram! Eu logo vi que meu filho era um rapaz de bem!

Nemecsek mal se sustinha nas pernas. Perguntou com humildade:

— Posso ir-me embora?

O homem barbudo respondeu com um sorriso:

— Pode, sim, sabichão.

Nemecsek deixou-se conduzir à rua por Boka. Tudo se lhe confundia diante dos olhos. Não via mais nada. Ante ele dançavam, numa sarabanda caótica, o homem barbado, a rua, as pilhas de lenha; palavras estranhas ecoavam-lhe no ouvido. "Rapazes, a postos!", bradava uma voz. Outra perguntava: "Será que meu filho traiu?". E o homem barbado ria com escárnio, escancarando cada vez mais a boca... até que ela ficou tão grande como o portão da escola... e pelo portão saía o Sr. Professor Rácz...

Nemecsek tirou o chapéu.

— A quem cumprimentaste? — perguntou-lhe Boka. — Não há ninguém em toda a rua.

— Cumprimentei ao Sr. Professor Rácz — respondeu baixo o lourinho.

Boka pôs-se a chorar. Apressando-se, arrastava o amiguinho, enquanto a escuridão envolvia a rua.

Entretanto, no *grund*, Kolnay criou coragem e disse ao homem de barba preta:

— Olhe, esse Nemecsek é um mentiroso. Nós o proclamamos traidor e o expulsamos da sociedade.

O pai, feliz, concordou:

— Não me admira. Não gostei da cara dele: deve ter um peso na consciência.

E foi-se para casa, contente, ansioso de perdoar ao filho. Na esquina da avenida de Üllö ainda viu Boka ajudando Nemecsek a atravessar a rua em frente do Hospital.

A essa altura, Nemecsek também estava chorando, com uma tristeza infinita, com toda a amargura do seu coração de soldado raso, e naquele choro febril repetia resmungando, sem parar:

— Escreveram-me o nome todo em minúsculas... coitadinho do meu nome honesto, todo em minúsculas...

7

Na manhã seguinte a aula de latim decorreu no meio de uma excitação tal que o Sr. Professor Rácz deu pela coisa.

Os meninos mexiam-se nas carteiras, prestavam pouca atenção às respostas dos colegas interrogados. Não somente os da rua Paulo, como todos os demais alunos da turma e, por assim dizer, do colégio inteiro, encontravam-se num excepcional estado de espírito. Os grandes preparativos de guerra não haviam passado despercebidos, e até os alunos das turmas mais altas, do sétimo e do oitavo ano, manifestavam vivo interesse. Os camisas-vermelhas frequentavam a Escola Técnica do bairro; era, pois, natural que o colégio torcesse pela vitória dos rapazes da rua Paulo. Alguns faziam dela, até, uma questão de honra coletiva.

— Que têm vocês hoje? — perguntou o Sr. Professor

Rácz com impaciência. – Estão se mexendo o tempo todo, estão distraídos, pensando em outras coisas.

Não insistiu muito, porém, em descobrir o motivo do alvoroço. Contentou-se em verificar que a turma tinha um dia inquieto, limitando-se a resmungar:

– É claro: chegou a primavera, começaram os jogos: bolas de gude, pela... ninguém quer saber de escola! Mas eu lhes mostrarei!

Eram só palavras. O Sr. Professor Rácz era um homem de cara severa, mas de coração bom.

– Sente-se! – disse ao rapaz a quem acabara de interrogar.

E pôs-se a folhear o livrinho de notas.

Em tais momentos sempre se fazia na turma um silêncio mortal. Todos continham a respiração, mesmo os bem preparados, e olhavam fixamente para os dedos do professor que viravam vagarosamente as folhas. Os rapazes sabiam até a página em que estava o nome de cada um. Quando os dedos chegavam ao fim do livrinho, aqueles cujo nome começava por A ou B soltavam um suspiro de alívio; quando, de repente, voltavam às primeiras páginas, os de iniciais R, S e T sentiam-se logo mais à vontade.

Ao cabo de um minuto, o professor chamou baixinho:

– Nemecsek.

– Ausente! – respondeu em coro toda a turma.

E uma voz, uma voz bem conhecida na rua Paulo, acrescentou:

– Está doente.

– Que é que tem?

– Resfriou-se.

O Sr. Professor Rácz passeou um olhar pela turma e disse:

— Não sabem ter cuidado.

Os da rua Paulo trocaram um olhar. Eles sabiam como e por que Nemecsek não soubera ter cuidado. Embora espalhados por toda a sala — um na primeira, outro na terceira carteira, outro ainda, Csónakos, temos de confessá-lo, na última —, nesse momento se entreolharam todos. Lia-se em todos aqueles rostos que Nemecsek apanhara o resfriado por algum motivo nobre. Em termos exatos, ele se resfriara pela pátria, tendo tomado três banhos, um por acaso, outro por obrigação, o terceiro por questão de honra. Por nada no mundo revelariam esse grande segredo a ninguém, embora todos o soubessem, inclusive a Sociedade do Betume. No seio desta, aliás, iniciara-se uma campanha para riscar o nome de Nemecsek do Livro Negro: apenas, os sócios não sabiam pôr-se de acordo sobre se convinha primeiro emendar as iniciais minúsculas em maiúsculas e riscar o nome depois, ou riscá-lo imediatamente, sem outra formalidade. Como Kolnay, que era ainda presidente, propusesse que o riscassem sem mais nada, naturalmente Barabás formou um partido de oposição para pleitear que se restituísse antes a honra do nome.

Agora, porém, a questão era relegada ao segundo plano. O interesse convergia todo para a luta que ia ser travada naquela tarde. Depois da aula de latim, grupos de alunos de outras turmas vieram procurar Boka, oferecendo-lhe o seu auxílio. Ele, porém, deu a todos a mesma resposta:

— Lamentamos muito não poder aceitar, mas defenderemos a nossa terra nós mesmos. Mesmo que os camisas-

-vermelhas sejam mais fortes, vencê-los-emos com habilidade. Seja como for, lutaremos sozinhos.

O interesse era tamanho que, depois dos alunos de outras turmas, à uma hora, quando todos corriam a casa para almoçar, o homem do torrone, que continuava estacionado no portão vizinho, veio também oferecer seus serviços a Boka.

— Eu vou lá, *signore* — disse-lhe —, e jogarei fora todos eles *solo*!

Boka sorriu:

— Deixe isso conosco, meu velho!

E foi ele também correndo para casa. No portão da escola os colegas rodearam os meninos da rua Paulo para lhes prodigalizar toda espécie de conselhos úteis. Houve quem lhes ensinasse como dar rasteira. Outros se ofereceram para espiões. Outros ainda pediram permissão para assistir ao combate, o que lhes foi sistematicamente negado. As ordens de Boka eram formais: o portão devia ser fechado ao começar da luta, só se abrindo no momento em que o inimigo fosse expulso.

Tudo isso durou poucos minutos. Os meninos se dispersaram, pois às duas em ponto tinham de estar no *grund*. Assim, à uma e um quarto os arredores do colégio estavam desertos. O homem do torrone embrulhava a sua mercadoria, enquanto o porteiro do colégio, soltando baforadas diante do portão, lhe atirava insultos:

— Você não terá vida muito longa aqui. Havemos de mandá-lo embora com todas essas porcarias!

Ao que o homem do torrone nem respondeu, limitando-se a encolher os ombros. Era um senhor, usava fez vermelho na cabeça, não ligava a um reles porteiro de colégio. Sobretudo quando sentia que o reles porteiro dizia a verdade.

Às duas horas em ponto, quando Boka apareceu no portão, com o boné vermelho e verde na cabeça, todo o exército enfileirado aguardava-o no centro do terreno. Todos estavam lá, salvo um, Nemecsek, que permanecera em casa, doente. Assim, o exército da rua Paulo ficou sem soldado raso no dia da batalha, justamente no dia da batalha. Todos os presentes eram alferes, tenentes, capitães. Quanto ao soldado raso, isto é, o próprio exército, jazia doente na cama de uma casinha ajardinada da rua Rákos.

Boka pôs imediatamente mãos à obra. Gritou em voz marcial:

— Sentido!

Todos se perfilaram. Boka anunciou em voz forte:

— Comunico-lhes que a partir deste momento deporei o título de presidente, que só serve em tempo de paz. Como estamos em guerra, assumo a patente de general.

Todos ficaram abalados. Era, de fato, um momento comovedor, quase histórico: Boka assumia a patente de general no dia da batalha, no instante do maior perigo.

— Agora — continuou — vou-lhes expor pela última vez o plano de batalha, para que não possa haver mal-entendido.

E passou a repetir a ordem do dia. Embora todos já a soubessem de cor e salteado, escutaram-na com atenção extrema. Depois concluiu:

— Todos a postos.

Os rapazes dispersaram-se imediatamente; só Csele, o grã-fino, que substituía o doente Nemecsek, permaneceu perto

de Boka. Pendia-lhe de um dos flancos uma corneta de cobre, comprada a expensas de todos pelo preço de um florim e quarenta *krajcár*, importância que incluía todo o capital da Sociedade do Betume, ou seja, 26 *krajcár*, confiscada sem mais nem menos pelo general para fins de guerra.

Era uma linda corneta de carteiro; quando tocada, ressoava como verdadeira corneta militar. Servia para dar, ao todo, três sinais, o que os meninos já tinham aprendido nas manobras da véspera: o primeiro anunciava a chegada do inimigo, o segundo chamava para o ataque, o terceiro convocava a todos junto ao general.

A sentinela que se mantinha, como de sua obrigação, no alto da cerca, com a perna direita pendendo para a rua Paulo, berrou:

— General!

— Que há?

— Uma empregada quer entrar para o *grund* com uma carta.

— Para quem?

— Diz que é para o Sr. General.

Boka se aproximou da cerca:

— Veja lá se não é um dos camisas-vermelhas disfarçado em mulher para espionar.

A sentinela debruçou-se a ponto de quase cair na rua, e depois disse:

— General, olhei bem. É uma senhora de verdade.

— Pois se é uma senhora de verdade, pode entrar.

Ele mesmo foi abrir o portão. A senhora de verdade entrou e correu os olhos pelo *grund*. Era, realmente, uma senhora, que viera de casa sem um lenço na cabeça, de chinelos, assim como estava ao acabar de lavar a cozinha.

— É da casa do Sr. Geréb que trago esta carta — disse. — É o patrãozinho que manda. Diz que é muito urgente e espera resposta...

Boka abriu a carta, endereçada ao *Exmo. Sr. Presidente Boka*: um verdadeiro calhamaço, onde havia folhas de caderno, papéis de carta, um pedaço do papel de carta da Sra. Geréb, papel almaço, tudo cheio de garranchos e numerado com exatidão. Boka leu-a. O texto era o seguinte:

Meu caro Boka,

Sei que não quer mais falar comigo nem mesmo por correspondência, mas quero fazer mais esta tentativa antes de romper definitivamente com vocês. Agora reconheço não somente que agi mal, como também que vocês não mereciam isso de minha parte, pois se portaram tão esplendidamente com meu pai, sobretudo Nemecsek, que negou que eu os tivesse atraiçoado. Meu pai ficou tão satisfeito com isso que para me apaziguar me comprou naquele mesmo dia O arquipélago em chamas, *de* Júlio Verne, *que eu tinha pedido muito tempo antes. Eu imediatamente levei-o de presente a Nemecsek, embora nem o tivesse lido e estivesse com muita vontade de lê-lo, e meu pai me perguntou logo no dia seguinte: "Seu malandro, cadê o livro?", e eu não soube responder nada, e meu pai me disse então: "Seu vagabundo, já o vendeu no sebo; espere, nunca mais terá coisa alguma de mim!", e já começou a cumprir a ameaça, pois não ganhei almoço, mas tanto faz: se o pobre do Nemecsek sofreu por mim sem ter culpa, eu também posso sofrer agora um pouquinho por ele sem ter culpa. Mas tudo isso lhe digo de passagem, pois não é o principal do que quero dizer. Ontem no colégio, onde vocês não falaram comigo, pensei sobre a maneira de reparar a minha culpa. Afinal encontrei-a. Vou reparar a minha falta da mesma forma por que a cometi. Eis por que logo depois do almoço, quando saí tão triste do* grund *porque você não quis readmitir-me, fui ao Jardim Botânico para lhes trazer alguma informação. Imitei o Nemecsek, pois na ilha trepei na mesma árvore em que ele passou uma tarde; isso naturalmente antes de chegarem os camisas-vermelhas. Afinal, por volta das quatro chegaram e me xingaram muito, o que ouvi muito bem do alto da árvore, mas já não me importava muito com isso, porque me sentia de novo como um da rua Paulo, por mais que vocês me houvessem enxotado, pois o meu coração vocês não puderam enxotar e ele sente com vocês; e pouco me importa que ria de mim, mas por um triz não chorei de alegria quando Chico Áts disse: "Esse Geréb não deixa de ser um deles. Ele não é um verdadeiro traidor: parece que nos veio espionar por ordem deles". E eles fizeram uma assembleia e eu escutei tudo o que diziam. Disseram que agora, como o Nemecsek tinha espionado tudo, não podiam mais atacar hoje, pois vocês estavam preparados, e resolveram que a guerra seria amanhã. Mas inventaram ainda algum ardil especial e falaram nisso tão baixinho que tive de descer dois galhos para ouvir o que diziam. Quando eu descia eles ouviram o barulho e o Wendauer disse: "Quem sabe, talvez o Nemecsek esteja ainda na árvore!". Mas era apenas uma gracinha, pois eles felizmente nem olharam para a árvore; aliás, mesmo que olhassem, não me teriam visto, que a folhagem era muito espessa. Então decidiram o ataque da maneira que você já sabe e que o Nemecsek espionou, pois Chico Áts disse: "Eles estão pensando agora que só porque o Nemecsek ouviu tudo nós modificaremos o nosso plano. Pois não o modificaremos justamente por eles já estarem preparados para uma modificação". Foi o que resolveram. Depois fizeram manobras e eu fiquei acocorado na árvore até as seis e meia, e no maior perigo, pois você pode imaginar o que aconteceria se eles me vissem. Mal me segurava com as mãos, e se eles não tivessem saído às seis e meia, provavelmente eu teria ficado tão fraco a ponto de cair no meio deles como um pêssego maduro, embora eu não seja pêssego nem aquela árvore um pessegueiro. Mas isso é apenas brincadeira: o que importa é o que escrevi antes. Então às seis e meia, quando a ilha ficou deserta, eu também desci da árvore, voltei para casa e depois do jantar tive de estudar latim à luz de uma única vela, porque perdera a tarde toda. Caro Boka, eu só lhe peço agora uma coisa. Peço-lhe acreditar que o que escrevi é verdade, e não pensar que os quero induzir em erro como espião dos camisas-vermelhas. Escrevi tudo isto porque quero voltar para vocês e quero merecer o seu perdão. Serei um soldado fiel, mesmo que você me demita do posto de tenente, e voltarei até como soldado raso, pois vocês estão justamente sem um soldado raso, agora que o Nemecsek está doente e o único soldado raso é o cachorro do Iano, mas ele é mais cachorro do que soldado e eu, pelo menos, sou um rapaz. Se você me perdoar desta vez e me readmitir, eu voltarei ainda hoje e combaterei com vocês na batalha e me distinguirei no calor do combate de maneira a reparar toda a minha culpa. Peço-lhe que me mande dizer pela Maria se devo ir ou não, e se mandar dizer que devo, irei já, pois enquanto a Maria está no grund com esta carta, eu fico aqui no portão do nº 5 da rua Paulo esperando a resposta. Subscrevo-me seu amigo fiel*

Geréb

Ao chegar ao fim desta carta, Boka teve a impressão de que Geréb não mentia e que se emendara bastante para ser readmitido. Chamou, pois, Csele, o ajudante de ordens.

— Ajudante de ordens — disse-lhe —, toque a corneta e dê o sinal número três para convocar todo o exército.

— Por favor, qual é a resposta? — perguntou Maria.

— Espere um pouco, Maria — respondeu o general em voz de comando.

Ao som agudo da corneta os meninos apareceram algo hesitantes por entre as pilhas de madeira. Não compreenderam por que a corneta os chamava para perto do general. Mas, ao verificarem que Boka permanecia tranquilo no seu lugar, criaram coragem, e ao cabo de um minuto o exército inteiro, disposto em filas, estava de novo na frente do general. Boka fez leitura da carta e lhes perguntou:

— Pode voltar?

Todos eles — é justiça reconhecê-lo — eram bons rapazes. Todos disseram a uma voz:

— Pode!

Boka dirigiu-se à empregada.

— Diga-lhe que pode vir. É esta a resposta.

Maria olhava espantada para tudo aquilo: o exército, os bonés vermelhos e verdes, as armas; depois saiu a toda pressa pelo portãozinho.

— Richter! — gritou Boka quando ficaram a sós.

Richter saiu da fila.

— Geréb ficará ao seu lado — disse o general —, e você terá de tomar conta dele. Ao primeiro sinal suspeito, tem de prendê-lo e fechá-lo no barracão. Não penso que se dê este caso, mas seguro morreu de velho. Descansem. Hoje não haverá batalha, como podem ver pela carta; tudo o que foi planejado para hoje fica para amanhã. Se eles não modificam o plano deles, o nosso também fica como estava.

Nesse momento o portão, que não haviam fechado atrás da empregada, escancarou-se, empurrado por um pontapé, e lá veio Geréb com o ar feliz de quem pode, enfim, penetrar na terra da promissão. Mas, ao avistar o exército inteiro enfileirado, tornou-se grave, dirigiu-se para Boka e, em meio à atenção geral, levou a mão ao boné. Era o boné vermelho e verde dos da rua Paulo.

Fez continência e disse:

— General, às ordens.

— Está certo — disse Boka com simplicidade. — Você ficará sob as ordens de Richter, por enquanto como soldado raso. Se se comportar bem na batalha, poderá reaver a sua patente.

Depois virou-se para o exército:

— Ficam todos proibidos de lembrar a Geréb a sua falta. Ele quer repará-la e nós o perdoamos. Ninguém deve mexer com ele, fazer-lhe a menor censura. Ele também fica proibido de falar no assunto. O caso está encerrado.

Essas palavras foram ouvidas em profundo silêncio. Os meninos disseram consigo: “É um rapaz inteligente o nosso Boka: bem que merece o posto de general”.

Richter pôs-se imediatamente a explicar a Geréb o que teria de fazer na batalha do dia seguinte. Boka foi palestrar com Csele. De repente, a sentinela, que permanecia no alto da cerca, retirou a perna direita dependurada do lado da rua e, com ar assustado, balbuciou:

— General!... Aí vem o inimigo!

Boka pulou ao portão com a rapidez do relâmpago e aferrolhou-o. Todos olharam para Geréb, que, com as faces cobertas de palidez mortal, se mantinha ao lado de Richter. Boka, encolerizado, gritou-lhe:

— Então você mentiu? Mentiu mais uma vez?

Geréb não soube responder, de tão atônito. Richter agarrou-o pelo braço.

— Que é isto? — berrou Boka.

Então Geréb a custo articulou algumas palavras:

— Talvez... talvez eles me tenham enxergado lá na árvore... e tenham resolvido enganar-me.

A sentinela olhou para a rua, depois saltou da cerca, pegou a arma e juntou-se aos outros na fila.

— Aí vêm os camisas-vermelhas — disse.

Boka foi ao portão, abriu-o e postou-se corajosamente diante dele, na rua. Eram, com efeito, camisas-vermelhas: os dois Pásztor e Szebenics. Ao verem Boka, Szebenics retirou uma bandeira branca de sob a capa e agitou-a, gritando de longe:

— Somos embaixadores!

Boka voltou ao *grund*. Sentia um pouco de vergonha por ter suspeitado de Geréb com tanta pressa. Disse a Richter:

— Largue-o, são apenas embaixadores, de bandeira branca. Perdoe, Geréb.

Geréb respirou aliviado. Estivera em risco de ser preso sem culpa. Mas a sentinela foi repreendida.

— Olhe — gritou-lhe Boka —, veja primeiro o que há, antes de gritar fogo, seu burro assustado.

Depois deu ordem à tropa:

— Retirem-se para entre as pilhas. Comigo ficam só Csele e Kolnay. Avante!

O exército pôs-se em marcha e num instante desapareceu por trás das pilhas. Geréb ia entre os outros. Mal desapareceu o último boné vermelho e verde, os embaixadores bateram ao portão. O ajudante de ordens foi abrir. Os três entraram, de camisa e boné vermelhos. Vinham sem armas, e Szebenics trazia a bandeira branca desfraldada.

Boka sabia o que convinha em tais ocasiões. Pegou da lança e encostou-a na cerca, para que ele também ficasse desarmado. Kolnay e Csele seguiram-lhe o exemplo sem esperar ordens; Csele levou o zelo ao ponto de colocar a corneta no chão.

O mais velho dos Pásztor adiantou-se:

— Tenho a honra de falar com o chefe do exército?

— Sim, é ele o general.

— Viemos como embaixadores — disse Pásztor —, e eu sou o chefe da embaixada. Vimos declarar guerra em nome de nosso chefe, Francisco Áts.

Ao ouvir o nome do chefe, os membros da embaixada levaram uma das mãos ao boné. Boka e seus companheiros fizeram outro tanto por cortesia. Pásztor recomeçou:

— Não queremos surpreender o adversário. Viremos amanhã às duas e meia em ponto. Era o que tínhamos para dizer, e pedimos resposta.

Boka sentia a importância do momento, e replicou com a voz algo trêmula:

— A declaração de guerra está aceita. Mas temos de combinar uma coisa: não quero que a batalha degenere em briga vulgar.

— Nem nós, tampouco — disse gravemente Pásztor, apoiando o queixo no peito, segundo o seu costume.

— Quero só três espécies de combate: bombas de areia, luta regular e esgrima de lança. Conhecem as regras, não é?

— Conhecemos.

— Quem tocar o chão com os dois ombros estará vencido e não poderá mais lutar, mas terá liberdade de combater pelas duas outras maneiras. Está aceito?

— Está.

— Quanto à lança, só poderá servir para esgrima, e não para dar pancada ou estocada.

Está bem.

— Duas pessoas não poderão atacar uma só; entretanto poderá haver ataque de grupos contra grupos. Está certo?

— Está.

— Então nada mais tenho que dizer.

Levou a mão ao boné. A embaixada retribuiu a saudação, mas Pásztor volveu:

— Tenho ainda uma pergunta. O nosso chefe incumbiu-nos de pedir notícias de Nemecsek. Ouvimos que está doente. Se é verdade, temos ordem para visitá-lo, pois outro dia se portou na nossa ilha com muita coragem, e nós sabemos estimar um inimigo desses.

— Mora na rua Rákos, nº 3. Está muito doente.

Seguiu-se uma continência muda. Szebenics levantou a bandeira ao alto. Pásztor berrou: "Avante!", e a embaixada saiu. Seus membros podiam ouvir da rua o toque da corneta que chamava o exército para junto do general a fim de que este o informasse do acontecido.

Os três embaixadores se dirigiram para a rua Rákos. Pararam diante do portão da casa indicada e perguntaram a uma menina que estava lá:

— O Nemecsek mora aqui?

— Sim — disse a menina.

E conduziu-os a um pobre apartamento do andar térreo. Ao lado da porta havia uma tabuleta de zinco pintada de azul com estes dizeres: ANDRÉ NEMECSEK, ALFAIATE.

Entraram e cumprimentaram a mãe de Nemecsek, uma pequena senhora loura, magra e de aparência pobre, que se parecia muito com o filho, isto é, com a qual o filho se parecia muito. Expuseram-lhe o objetivo da visita, e ela os levou ao quarto onde o soldado raso estava de cama. Lá também Szebenics levantou a bandeira branca. Desta vez também foi o mais velho dos Pásztor quem falou:

— Francisco Áts manda-lhe lembranças e estima as suas melhoras.

O lourinho, cuja cabeça repousava na almofada com os cabelos em desalinho e o rosto pálido, sentou-se na cama com um sorriso feliz e perguntou:

— Quando será a batalha?

— Amanhã.

A resposta entristeceu-o.

— Então eu ainda não poderei estar lá — disse, aflito.

Os embaixadores não responderam. Um após outro, apertaram a mão de Nemecsek, e Pásztor, esse menino de cara fechada, disse-lhe enternecido:

— Quanto a mim, peço-lhe perdão.

— Perdoo-lhe — disse o lourinho.

Tossiu e descansou a cabeça novamente na almofada, que Szebenics ajeitou.

Então Pásztor disse:

— Agora vamos.

O porta-estandarte levantou de novo a bandeira branca, e os três saíram pela cozinha, onde a mãe de Nemecsek lhes disse chorando:

— Todos... todos vocês são bons... gostam do meu pobre filhinho... E agora... por isso... vou preparar para cada um... uma xícara de chocolate.

Os embaixadores trocaram olhares. A proposta era sedutora. Mas Pásztor adiantou-se e dessa vez não encostou a bela cabeça morena no peito, mas levantou-se e disse:

— Pelo que fizemos não merecemos chocolate. Avante!

E os três saíram a passo firme.

8

O dia da guerra era um lindo dia de primavera. De manhã choveu, e no colégio, durante o recreio, os meninos espiavam com tristeza o céu pela janela. Temiam que a chuva impedisse toda a guerra. Mas por volta do meio-dia cessou a chuva e o céu clareou. À uma hora já brilhava o sol primaveril, a calçada secara, e quando os garotos saíram do colégio fazia novamente calor e a brisa trazia perfumes bons das montanhas de Buda.[1] O melhor tempo que se podia desejar para uma batalha. A areia acumulada nos fortes molhara-se, mas secou um pouco, de forma que ficou até melhor para o preparo das bombas.

[1] Buda, na margem direita do Danúbio, é a parte montanhosa da capital húngara; Pest, na margem esquerda, é a parte plana. A rua Paulo fica em Pest. [P.R.]

À uma hora a azáfama era geral. Todos corriam para casa, e a um quarto para as duas já o exército estava no *grund*, em grande alvoroço. Alguns rapazes guardavam ainda no bolso o pão do almoço e comiam-no aos poucos. De qualquer maneira, a excitação era menor que na véspera, quando ainda não sabiam o que os esperava. O aparecimento dos embaixadores dissipara-a, substituindo-a por uma expectativa grave. Agora já sabiam a hora da luta e conheciam-lhe as características. Continham a custo o desejo de lutar e aguardavam a batalha com impaciência. Mas na última meia hora Boka alterou o plano. Ao se reunirem, os meninos verificaram com surpresa que diante dos fortes 4 e 5 havia um fosso largo e profundo. Os mais assustadiços pensaram logo nalgum ardil do inimigo, e rodearam Boka:

— Viu o fosso?

— Vi.

— Quem o fez?

— Iano, hoje de manhãzinha, por encomenda minha.

— Para quê?

— Para modificar parte do plano.

Olhou para as suas notas e chamou os chefes dos batalhões A e B.

— Estão vendo este fosso?

— Estamos.

— Sabem o que é uma trincheira?

Não o sabiam.

— A trincheira — disse Boka — serve para abrigar a tropa, escondê-la aos olhos do inimigo e permitir-lhe que só entre em ação no momento oportuno. Segundo o plano primitivo, vocês deviam postar-se no portão da rua Paulo. Mas verifiquei que isso não daria certo. Por isso vocês esconderão seus batalhões na trincheira. Quando a tropa inimiga penetrar pelo portão da rua Paulo, os fortes entrarão imediatamente a bombardeá-la. O inimigo há de avançar em direção aos fortes, pois não verá a trincheira ao pé das pilhas de lenha. Quando chegar a cinco passos da trincheira, vocês se levantarão e começarão a bombardeá-lo. Nesse ínterim, os fortes continuarão a jogar bombas por sua vez. Então vocês sairão da trincheira e se atirarão sobre o inimigo. Não o repelirão logo para o portão, mas esperarão que nós tenhamos liquidado o exército da rua Maria, e só principiarão a rechaçar o outro quando eu mandar tocar o sinal de ataque. Logo que nós tivermos encurralado a tropa da rua Maria no barracão, a tripulação dos fortes 1 e 2 transferir-se-á aos outros fortes e o nosso exército da rua Maria virá em vosso auxílio. A tarefa de vocês consistirá apenas em deter o inimigo. Compreenderam?

— Compreendemos.

— Eu mandarei então dar o sinal de ataque. A esse tempo os nossos efetivos já serão o duplo dos do inimigo, pois metade das suas tropas já estará aprisionada no barracão. Segundo as regras, em combate de grupo podemos ser mais numerosos; só em combate singular é proibido que duas pessoas ataquem uma só.

Enquanto Boka pronunciava essas palavras, Iano aproximou-se da trincheira e deu umas enxadadas para acabá-la; depois derramou nela mais uma carrada de areia.

Entretanto a guarnição dos fortes trabalhava com aplicação, num vaivém incessante, no alto das pilhas. Os fortes estavam feitos de tal modo que por cima do parapeito só apontavam as cabeças. Os ocupantes fabricavam bombas de areia, inclinavam-se, desapareciam, reapareciam. No alto de cada forte o vento agitava uma bandeirinha vermelha e verde.[2] A bandeira só faltava ao forte nº 3, o da esquina: era a bandeirinha levada havia tempos por Chico Áts, e que não fora substituída, porque os meninos pretendiam reconquistá-la na batalha.

Estava certo — mas nos lembremos ainda de que essa bandeira tão atribulada foi vista pela última vez na mão de Geréb. Depois de retirada por Chico Áts, os camisas-vermelhas a esconderam nas ruínas da ilha. Dali fora levada por Nemecsek, cujos pequenos rastos tinham sido descobertos na areia. Na memorável noite em que o lourinho aparecera de repente aos camisas-vermelhas como que caído do céu, os Pásztor lha haviam arrancado das mãos, e ela voltara ao arsenal secreto, entre os *tomahawks*. Dali Geréb a furtara para ser agradável aos meninos da rua Paulo. A essa altura, Boka lhe disse que a bandeirinha não lhes interessava furtada: queriam reconquistá-la honrosamente.

Assim, pois, na véspera, logo depois da retirada dos embaixadores dos camisas-vermelhas, outra embaixada partiu da rua Paulo para o Jardim Botânico, com a bandeira. Era integrada por Weiss e Csónakos comandados por Csele, o qual, levando a bandeirinha bicolor embrulhada em papel de jornal,

[2] O autor parece ter-se esquecido de que os meninos da rua Paulo mudaram de bandeira (ver p. 47). [P.R.]

conduzia desfraldada outra, branca. Ao chegarem à ponte da ilha, onde o inimigo estava em grandes deliberações, foram obstados pelas sentinelas:

— Alto lá! Quem são vocês?

Csele tirou de sob o paletó a bandeira branca, e levantou-a bem alto, sem pronunciar uma palavra. Não sabendo o que convinha fazer em tal ocorrência, as sentinelas clamaram:

— Hurrá-ó! Há estranhos aqui!

Foi o próprio Chico Áts que apareceu na ponte. Ele já conhecia a praxe e deixou entrar os embaixadores:

— Vieram em embaixada?

— Sim.

— Que desejam?

Csele adiantou-se:

— Trouxemos de volta esta bandeira que vocês nos tiraram. Ela nos foi devolvida, mas assim não a queremos. Tragam-na com vocês à guerra, e, se conseguirmos tirá-la de suas mãos, tê-la-emos conquistado. Senão, vocês ficarão com ela. Eis o recado do meu general.

Acenou a Weiss, que desembrulhou a bandeira com extrema gravidade e a beijou antes de entregá-la.

— Chefe do arsenal Szebenics! — gritou Chico Áts.

— Ausente! — responderam-lhe entre as moitas.

Csele observou:

— Ele acaba de se desincumbir de uma embaixada na rua Paulo.

— É verdade — disse Chico Áts —, esqueci-o. Venha então o seu substituto.

Abriram-se os ramos das moitas, e o pequeno e ágil Wendauer postou-se diante do chefe.

— Receba das mãos dos embaixadores a bandeira — disse-lhe este — e coloque-a no arsenal.

Depois virou-se para os embaixadores:

— Na batalha, a bandeira será conduzida pelo chefe do arsenal, Szebenics. Eis a minha resposta.

Csele ia erguer novamente a bandeira branca em sinal de despedida, quando o chefe dos camisas-vermelhas observou:

— A bandeira provavelmente lhes foi restituída por Geréb.

Ninguém disse nada.

Áts insistiu:

— Foi Geréb?

Csele perfilou-se.

— Não tenho ordens para responder! — disse em tom militar.

E virando-se para seus subordinados:

— Sentido! Avante!

Deixou o chefe inimigo. Csele, deve-se fazer-lhe justiça, não desmereceu a sua fama de elegante, de grã-fino. Fizera as coisas direito, recusando-se a denunciar ao inimigo fosse quem fosse, nem sequer o próprio traidor.

Chico Áts sentia-se um tanto humilhado, e gritou com raiva a Wendauer, que não se mexia, com a bandeira na mão:

— Por que está perdendo tempo aqui? Leve a bandeira para o arsenal!

Wendauer retirou-se vexado e não deixou de observar de si para si: "Digam o que disserem, são formidáveis esses rapazes da rua Paulo. Não é que pela segunda vez deixam boquiaberto o terrível Chico Áts!".

Foi assim que a bandeira voltou à ilha, e eis por que não havia sinal no forte nº 3.

As sentinelas já estavam a postos, cavalgando, respectivamente, uma a cerca da rua Paulo, outra a da rua Maria. De entre o grupo que se movimentava, atarefado, entre as pilhas, destacou-se Geréb, postou-se diante de Boka e juntou os calcanhares:

— Meu general, queria fazer-lhe um pedido.

— Que é?

— O Sr. General ordenou-me que me colocasse no forte nº 3, que fica na esquina e é o mais perigoso, além de faltar-lhe a bandeira, que eu já trouxe de volta uma vez.

— Pois então.

— Eu desejo é um posto ainda mais perigoso. Já troquei de lugar com Barabás, que estava encarregado da trincheira. Ele é um bom atirador, pode ser aproveitado no forte, e eu, por mim, quero combater abertamente, na primeira fila da trincheira. Consinta, por favor.

Boka mediu-o com o olhar:

— Apesar de tudo, Geréb, você é um bom rapaz.

— Consente?

— Consinto.

Geréb perfilou-se, mas não se retirou.

— Que quer você ainda?

— Quero dizer apenas — declarou embaraçado o artilheiro — que gostei muito quando você disse: "Você é um bom rapaz, Geréb". Mas fiquei muito triste com o "apesar de tudo".

Boka sorriu:

— Não é minha a culpa. Foi você quem o quis. Mas agora nada de sentimentalismos. Meia-volta, marcha. A postos.

Geréb retirou-se, desceu contente à trincheira e entrou a fabricar bombas de areia molhada. No mesmo instante uma figura suja saiu da trincheira. Era Barabás. Gritou para Boka:

— Consentiu?

— Sim — respondeu o general.

O que mostra que ainda não acreditavam em Geréb. Esta é a sorte do traidor: desconfiam dele mesmo quando fala a verdade. Mas a palavra do general dissipou as dúvidas de Barabás, que trepou no forte da esquina. Via-se de baixo como se apresentou ao comandante. Logo depois as duas cabeças desapareceram atrás do parapeito. Lá também se trabalhava em amontoar as bombas de areia. Decorreram assim alguns minutos. Aos olhos dos rapazes eram horas, e a impaciência aumentou tanto que se ouviram gritos como este:

— Será que eles mudaram de ideia?

Assustaram-se.

— Estão preparando algum ardil...

— Não vêm mais...

Poucos minutos depois das duas o ajudante de ordens percorreu todas as posições com a ordem de que todos deviam aguardar o general perfilados, em silêncio absoluto: ele ia proceder à última revista de tropas. Mal acabava de transmitir a ordem à última posição, Boka apareceu na primeira, mudo e severo. Olhou primeiro para o exército da rua Maria.

Lá tudo estava em ordem. Os dois batalhões o aguardavam aos dois lados do portão, em posição de sentido. Os comandantes deram um passo à frente.

— Está certo — disse Boka. — Estão a par de sua tarefa?

— Estamos, sim. Simulamos fuga.

— Depois disso... ataque pelas costas!

— Sim, general!

Em seguida visitou o barracão. Abriu a porta e pôs na fechadura, do lado de fora, a grande chave enferrujada. Deu-lhe uma volta para ver se funcionava bem. Depois olhou os três primeiros fortes. Havia dois meninos em cada um deles. As bombas de areia estavam prontas, amontoadas. No forte nº 3 havia um número de bombas três vezes maior do que nos outros. Era o forte principal. Ali três artilheiros se perfilaram quando o general apareceu. Nos fortes números 4, 5 e 6 havia bombas de reserva.

— Não mexam nessas — disse Boka —, pois a areia de reserva serve para termos material, se eu mandar que os artilheiros dos outros fortes se transfiram para cá.

— Sim, general.

No forte nº 5 a guarnição estava torcendo de tal maneira que, no momento em que o general chegou até lá, um artilheiro demasiadamente zeloso berrou-lhe:

— Alto! Quem é você?!

Outro deu-lhe um empurrão, e Boka repreendeu-o:

— Não reconhece nem ao seu general, idiota!

Depois acrescentou:

— Seria mais simples fuzilar logo um soldado desses.

O zeloso artilheiro levou um susto mortal, não considerando quanto era pequena a probabilidade de um fuzilamento ali, no terreno. Nem Boka percebeu ter dito dessa vez uma bobagem, coisa que lhe acontecia muito raramente.

Continuou a sua inspeção e chegou à trincheira. No fosso profundo viu dois batalhões de cócoras. No meio deles estava Geréb, com um sorriso feliz nos lábios. Boka subiu ao parapeito da trincheira.

— Rapazes — gritou com entusiasmo —, a sorte da batalha depende de vocês. Se conseguirem conter o inimigo até o exército da rua Maria cumprir com a sua tarefa, ganharemos a batalha. Notem bem isto!

A resposta foi um urro geral. Sempre de cócoras na trincheira os soldados dos dois batalhões gritavam, agitavam os chapéus sem se levantarem, o que oferecia espetáculo bastante grotesco.

— Silêncio! — bradou o general.

E foi para o centro do *grund*, onde Kolnay o esperava com a corneta.

— Ajudante de ordens!

— Às ordens!

— Temos de nos transferir para um lugar de onde se possa ver todo o campo de batalha direitinho. Os generais costumam olhar a batalha do alto de uma colina. Nós, então, subiremos ao telhado do barracão.

Um momento depois já estavam no alto do barracão. A corneta de Kolnay refletiu um raio de sol, o que deu ao ajudante de ordens aspecto bastante marcial. Os artilheiros mostravam-no uns aos outros:

— Olhe...

Nesse instante saiu do bolso de Boka o binóculo de teatro que já apareceu uma vez, quando da excursão ao Jardim Botânico. Passou a correia do binóculo pelo ombro, o que o fez assemelhar-se extraordinariamente ao grande Napoleão, salvo pequenas diferenças. Era um general de verdade. Levou o binóculo aos olhos e esperou.

Um historiador deve ser o mais atento possível à cronologia. Anote-se, portanto, que seis minutos depois se ouviu um som de corneta do lado da rua Paulo. Era uma corneta estrangeira, e a sua voz excitou grande alvoroço no meio dos batalhões.

— Estão chegando — passou de boca em boca.

Boka empalideceu um pouco.

— Agora! — disse a Kolnay. — É agora que se decide a sorte do nosso império.

Poucos segundos depois as duas sentinelas saltaram do alto da cerca e procuraram atingir, correndo, o barracão, em cujo telhado se encontrava o general. Pararam diante do barracão e perfilaram-se:

— O inimigo está chegando!

— A postos! — ordenou Boka.

E as duas sentinelas correram para os seus respectivos lugares: um para a trincheira, outro para o exército da rua Maria. Boka pôs o binóculo e disse baixinho a Kolnay:

— Leve a corneta à boca!

Kolnay obedeceu. De repente, Boka baixou a luneta, corou e disse em voz excitada:

— Toque!

Ressoou o sinal. Os camisas-vermelhas pararam diante das duas portas do império. A luz do sol refletiu-se nas pontas prateadas de suas lanças; com suas camisas vermelhas e seus bonés vermelhos, pareciam diabos vermelhos. As cornetas deles também tocavam para o ataque, e o ar estava cheio de acentos belicosos. Kolnay tocava sem parar um instante.

— Tatá... trá... trará... — ouvia-se do alto do barracão.

Boka procurou identificar Chico Áts com o auxílio da luneta.

— Ei-lo! — exclamou. — Chico Áts veio com o seu exército da rua Paulo... Szebenics também está com ele carregando a nossa bandeira... O nosso exército da rua Paulo terá osso duro para roer!

Os que vinham pela rua Maria eram chefiados pelo mais velho dos Pásztor. O porta-estandarte agitava uma bandeira vermelha. As três cornetas tocavam sem parar. Os camisas--vermelhas continuavam imóveis nos portões, em fileiras cerradas.

— Estão planejando alguma coisa — disse Boka.

— Tanto faz! — gritou o ajudante de ordens, cessando de tocar um instante para recomeçar logo depois com toda a força dos pulmões:

— Tatá... trá... trará...

De repente as cornetas dos camisas-vermelhas silenciaram e o seu exército da rua Maria soltou um possante grito de guerra:

— Hurrá-ó, hurrá-ó!

E penetraram pelo portão. Os nossos[3] os receberam fir-

[3] Este é o segundo trecho em que o autor confessa, talvez involuntariamente, haver pertencido ao grupo dos meninos da rua Paulo. [P.R.]

mes como se quisessem aceitar a batalha, mas isso durou apenas alguns segundos: logo depois entraram a correr em debandada, conforme as instruções do plano.

— Bravo! — exclamou Boka.

E imediatamente olhou para a rua Paulo. O exército de Chico Áts não entrara pelo portão aberto: permanecia em absoluta imobilidade na rua.

Boka assustou-se:

— Que é isso?

— Algum ardil — respondeu Kolnay a tremer.

Depois olharam novamente para a esquerda. Os nossos correram, e os camisas-vermelhas se atiraram em seu encalço berrando a valer.

Mas Boka, que até então observara com muita gravidade e quase com espanto a inatividade do batalhão de Chico Áts, fez uma coisa que nunca fizera antes em toda a sua vida. Jogou o boné para o ar, soltou um grito e pôs-se a dançar no alto do barracão, como se estivesse enlouquecido, de forma que a casinha carcomida por um triz não desabou.

— Estamos salvos! — gritou ele.

Atirou-se sobre Kolnay, abraçou-o, beijou-o e arrastou--o a dançar com ele. O ajudante de ordens não compreendia:

— Que é que você tem?

Boka mostrou o exército de Chico Áts, que continuava imóvel:

— Está vendo?

— Estou.

— Não compreende?

— Não.

— Como é burro… Estamos salvos! Vencemos! Não compreende ainda?

— Não, absolutamente!

— Não vê que continuam imóveis?

— Claro que vejo.

— Não entram… estão esperando.

— Estou vendo.

— Mas estão esperando o quê? O quê? Estão esperando que o batalhão do Pásztor tenha acabado a sua tarefa na rua Maria: só depois disso é que eles vão atacar. Eu o compreendi logo quando vi que não atacavam ao mesmo tempo! A nossa sorte quis que eles fizessem um plano igual ao nosso. Queriam que Pásztor enxotasse parte do nosso exército para a rua Maria: a essa altura os dois agrediriam a outra parte, Pásztor pelas costas, Chico Áts pela frente. Mas não terão nada disso. Venha!

E principiou a descer do telhado.

— Aonde? — perguntou Kolnay.

— Venha comigo. Aqui nada mais temos para fazer, pois eles não vão arredar pé. Vamos ajudar o exército da rua Maria.

O exército da rua Maria fez as coisas otimamente. Correu para todos os lados: diante da serraria, em volta das amoreiras. Usavam de muita habilidade, pois chegavam a soltar gritos como estes:

— Ai de nós!

— Estamos liquidados!

— Estamos perdidos!

Os camisas-vermelhas perseguiam-nos aos urros. Boka só desejava saber se iam mesmo cair na armadilha. Os nossos, com efeito, desapareceram de súbito aos dois lados da serraria, refugiando-se em parte no barracão, em parte na cocheira.

— Peguem-nos! — ordenou Pásztor.

Os camisas-vermelhas seguiram-nos atrás da serraria.

— Toque! — berrou Boka.

A corneta ressoou para que os fortes começassem o bombardeio. Ouviu-se um coro triunfal de vozes juvenis gritando nos três primeiros fortes e os baques surdos das bombas de areia. Boka estava vermelho e tremia em todo o corpo.

— Ajudante de ordens! — gritou.

— Presente!

— Corra à trincheira e diga-lhes que esperem. Esperem até eu mandar tocar para o ataque. Os fortes da rua Paulo que esperem também.

O ajudante de ordens precipitou-se. Mas perto do barracão deitou-se de bruços e, abrigado pelo parapeito, avançou de rastos até a trincheira para não ser visto pelo inimigo, que continuava imóvel diante do portão. Passou a ordem cochichando, ao soldado mais próximo, e depois voltou para junto do general, de rastos como viera.

— Está feito — anunciou.

Atrás da serraria o ar era sacudido pelos berros. Os camisas-vermelhas pensavam ter vencido. Os três fortes os bombardeavam a valer, impedindo-os de subir às pilhas de lenha. No forte da esquina, o famoso forte nº 3, Barabás, em mangas de camisa, lutava como um leão. Não fazia outra coisa senão atirar contra o mais velho dos Pásztor. As bombas de areia, macias, caíam uma após outra na cabeça de Pásztor, cada uma acompanhada de um grito de Barabás:

— Tome lá, velhinho!

A areia fofa enchia os olhos e a boca de Pásztor, que espirrava furioso.

— Espere, já vou aí! — berrava fora de si.

— Pois venha! — gritava Barabás.

E apontava e atirava. O chefe inimigo recebia nova carga de areia no rosto. E estouravam salvas nos fortes.

— Ande, coma areia! — berrava esquentado Barabás.

E continuava a atirar com as duas mãos, sempre contra Pásztor. Seus dois companheiros seguiam-lhe o exemplo. Era um prazer ver o serviço do forte da esquina. A infantaria, nesse ínterim, aguardava silenciosa, na cocheira e no barracão, a ordem de avançar. Os camisas-vermelhas já se encontravam ao pé dos fortes, travando um combate encarniçado. Pásztor deu-lhes nova ordem:

— Trepem nas pilhas!

— Pá! — exclamou Barabás, atirando contra o nariz do chefe.

— Pá! — ecoaram os outros fortes também, arremessando verdadeira chuva de areia na cabeça dos assaltantes.

Boka pegou Kolnay pela mão.

— A areia está escasseando — disse. — Estou vendo daqui. O próprio Barabás está atirando só com uma das mãos; entretanto mandei colocar no forte da esquina quantidade tripla de munição...

Com efeito, o bombardeio parecia estar enfraquecendo.

— Como vai ser? — perguntou Kolnay.

Boka já se tranquilizara:

— Venceremos.

Nesse instante o forte nº 2 cessou o bombardeio. Evidentemente não havia mais areia.

– Chegou o momento! – gritou Boka. – Corra para a cocheira e ordene o ataque.

Ele mesmo correu ao barracão, escancarou a porta e gritou para dentro:

– Assalto!

Os dois batalhões avançaram no mesmo instante, um da cocheira, outro do barracão. Chegavam no momento oportuno: Pásztor já se encontrava com um dos pés no alto do forte nº 2. Atracaram-se a ele, puxaram-no para o chão. Os camisas-vermelhas ficaram perturbados. Pensavam que os fugitivos se tinham recolhido entre as pilhas de lenha, e que os fortes se destinavam a manter o inimigo afastado delas. E eis que aqueles que pouco antes lhes fugiam, agora os atacavam *pelas costas!*...

Correspondentes de guerra verdadeiros, que assistiram a batalhas de verdade, dizem que o maior perigo que ameaça um exército é a confusão. Os generais têm menos receio de centenas de canhões que de uma confusãozinha de nada, que pode em poucos instantes transformar-se num verdadeiro caos. Pois se a confusão enfraquece um exército de verdade, armado de fuzis e de canhões, como é que uns soldadinhos de infantaria, cujo uniforme consista apenas em camisas de esporte vermelhas, poderiam resistir a esse perigo?

Os assaltantes não compreendiam. De início nem perceberam que os adversários surgidos de repente atrás deles eram os mesmos que pouco antes lhes haviam desaparecido da vista. Pensavam que se tratava de um exército novo. Só ao reconhecerem alguns atinaram com o que acontecera.

— De onde vêm estes agora? De dentro da terra? — gritava Pásztor, enquanto dois braços fortes o puxavam do alto do forte para o chão.

O próprio Boka estava combatendo. Escolheu para si um dos camisas-vermelhas e entrou em luta com ele. Durante a luta achou jeito de empurrar o adversário habilmente para o barracão. O camisa-vermelha compreendeu que não conseguiria vencer Boka por meios legítimos e deu-lhe uma rasteira. Do alto dos fortes, onde vários soldados acompanhavam o duelo, ouviram-se protestos:

— Deu rasteira!

— Que vergonha!

Boka tinha caído, mas levantou-se imediatamente e berrou para o adversário:

— Você deu rasteira! Quer dizer que as leis não valem mais.

Fez um sinal a Kolnay, e o camisa-vermelha, apesar de se debater, foi levado para o barracão. Boka fechou a porta sobre ele e disse arfando:

— É um estúpido! Se tivesse respeitado as regras, eu não conseguiria vencê-lo. Mas como as violou, deu-nos o direito de atacá-lo a dois...

E voltou correndo ao campo de batalha, onde se processava uma série de duelos. O pouco de areia que ainda permanecia nos dois primeiros fortes servia aos artilheiros para a jogarem sobre os adversários que lutavam. Os fortes da rua Paulo aguardavam, em silêncio, a sua vez.

Kolnay ia entrar em luta, mas Boka impediu-o:

— Não lute! Vá correndo aos fortes números 1 e 2.

Ordene que a guarnição dos dois se transfira imediatamente para os fortes 4 e 5!

Kolnay atravessou os pares em luta e levou a ordem. Logo as bandeiras desapareceram dos fortes 1 e 2, levadas pelos soldados para a nova linha de combate.

De todos os lados se ouviram gritos de triunfo. O maior de todos ressoou quando Csónakos pegou Pásztor, o terrível e invencível Pásztor, levantou-o, e carregou-o para o barracão. Mais um minuto, e já Pásztor estava batendo na porta do barracão com uma impotente fúria — do lado de dentro...

Era o indício de uma barafunda geral. Os camisas-vermelhas sentiam que estavam perdidos. Perderam definitivamente a cabeça ao ver desaparecer o seu chefe. Sua única esperança era o ataque de Chico Áts, que talvez corrigisse a derrota deles. Entretanto, uns após outros iam sendo empurrados para o barracão em meio aos gritos de triunfo que se sucederam e chegaram até os ouvidos do outro exército, que permanecia imóvel na entrada da rua Paulo.

Chico Áts passeava diante da linha de frente, dizendo com sorriso orgulhoso:

— Ouviram? Daqui a pouco ouviremos o sinal.

Com efeito, entre os camisas-vermelhas fora combinado que, apenas o batalhão de Pásztor concluísse a sua tarefa do lado da rua Maria, a corneta tocaria: então Pásztor e Chico Áts iniciariam um ataque simultâneo. Mas o pequeno Wendauer, que era o corneteiro do batalhão Pásztor, já estava batendo desesperadamente na porta do barracão, onde se encontrava preso com os companheiros, e a sua corneta, cheia

de areia, descansava silenciosa no forte nº 3, no meio de outras presas de guerra...

Enquanto isso, Chico Áts continuava tranquilo no portão da rua Paulo, encorajando os seus homens.

— Paciência! Logo que ouvirmos o sinal, atacaremos.

Mas o sinal tão esperado não vinha. O barulho tornava-se cada vez mais fraco e dava a impressão nítida de vir de algum recinto fechado... E quando os dois batalhões de boné vermelho e verde acabaram de empurrar o último camisa-vermelha para o barracão, o que deu ensejo ao mais poderoso brado de triunfo jamais ouvido no *grund*, percebeu-se no batalhão de Chico Áts um movimento nervoso. O mais moço dos Pásztor deu um passo à frente.

— Parece-me — disse ao chefe — que aconteceu algo de ruim.

— Por quê?

— As vozes que ouço não são dos nossos; são todas vozes estranhas.

Chico Áts levantou-se. Com efeito, ele também percebeu que aquilo era uma música de gargantas estranhas. Mas continuou a simular tranquilidade:

— Não lhes aconteceu nada. Estão combatendo em silêncio, é o que é. Os da rua Paulo estão berrando porque se acham em perigo.

Aí, como se fosse para desmentir essas palavras, ouviu-se da rua Maria um coro de vivas bem claros.

— O quê! — exclamou Chico Áts. — São vivas. O mais moço dos Pásztor disse excitado:

— Quem está em perigo não costuma dar vivas! Talvez

fosse melhor não prever como certa a vitória do exército de meu irmão...

E Chico Áts, que era um rapaz inteligente, sentiu então que seus cálculos se tinham malogrado, e até que perdera a batalha toda, pois agora ele devia enfrentar a força inteira dos da rua Paulo. Sua última esperança, o toque de corneta tão esperado, continuava não vindo...

Mas ouvia-se outro toque, de uma corneta desconhecida. Dirigia-se ao exército de Boka, e significava que o exército de Pásztor estava aprisionado até o último homem e que viria agora o ataque pelo lado do terreno. Ao toque, o exército da rua Maria dividiu-se em dois e uma parte apareceu ao lado do barracão, a outra ao lado do forte 6, de trajes algo amarrotados, mas com um bom humor triunfal, enrijecida pela batalha vitoriosa.

Agora Chico Áts sabia com inteira certeza que o exército de Pásztor estava derrotado. Durante alguns segundos encarou fixamente os batalhões recém-chegados do inimigo; depois, voltou-se de chofre para o mais moço dos Pásztor.

— Mas, se foram derrotados — disse-lhe inquieto —, onde estão? Se foram repelidos para a rua, por que não se apressaram a reunir-se a nós?

Olharam para a rua Paulo. Szebenics correu mesmo até a rua Maria. Não se via ninguém, a não ser alguns transeuntes e um carro de feno a passar vagarosamente.

— Não vi nenhum deles! — anunciou Szebenics com desespero.

— Mas então que fim levaram?

Só então se lembrou do barracão.

— Foram presos! — exclamou, transtornado pela cólera. — Levaram uma surra e foram aprisionados no barracão.

Agora as suas palavras, em vez de desmentido, receberam uma confirmação: do lado do barracão ouviu-se um barulho surdo. Os presos batiam com os punhos nas tábuas, mas em vão. Dessa vez, o barracão manteve-se fiel aos da rua Paulo, não deixando que lhe derrubassem a porta ou as paredes: aguentava firme os golpes. Os prisioneiros organizavam lá dentro um concerto infernal, querendo com o seu barulho atrair a atenção do exército de Chico Áts. O pobre do Wendauer, a quem haviam tirado a corneta, fez porta-voz com as duas mãos e berrou a não poder mais, imitando a voz do instrumento.

Chico Áts virou-se para o seu exército.

— Rapazes — gritou —, Pásztor perdeu a batalha! Depende de nós salvar a honra dos camisas-vermelhas. Avante!

Assim como estavam, numa única fila larga, os camisas-vermelhas penetraram no terreno e a passo de corrida iniciaram o ataque.

Mas Boka estava novamente no alto do barracão, em companhia de Kolnay, e a sua voz superou a música infernal de gritos e berros que subia de baixo:

— Toca a corneta! Assalto! Fortes, fogo!

E os camisas-vermelhas estacaram de repente em seu avanço rumo à trincheira. Quatro fortes puseram-se a bombardeá-los, um após outro. Uma nuvem de areia os envolvia, tirava-lhes a vista.

— Reservas, avante! — gritou Boka.

As reservas correram para a frente ao encontro dos assaltantes, enquanto na trincheira a infantaria continuava inativa, esperando a sua vez.

As bombas choviam dos fortes sobre os combatentes, e mais de uma ia esfarelar-se nas costas de algum menino da rua Paulo.

— Não é nada! — gritavam. — Avante!

Agora tudo estava envolvido na nuvem de areia. Quando num dos fortes se esgotava o estoque de bombas, a guarnição jogava areia em pó a mãos cheias. No meio do terreno, a vinte passos apenas da trincheira, os dois exércitos se revolviam, se debatiam confundidos; por entre as nuvens de poeira só de vez em quando aparecia um boné vermelho e verde, ou uma camisa-vermelha.

Mas o exército da rua Paulo já estava cansado, ao passo que o de Chico Áts entrou em combate com forças inteiras. A luta parecia aproximar-se da trincheira, o que significava que os da rua Paulo não conseguiam conter os vermelhos... Por outro lado, quanto mais a batalha se aproximava dos fortes, tanto mais seguramente as bombas alcançavam os alvos. Barabás alvejou novamente o general inimigo.

— Não é nada, não! — gritou. — Vá comendo! É apenas areia!

Ele ia e vinha no alto do forte como um diabrete, rindo à farta, soltando berros e curvando-se com a rapidez do relâmpago para apanhar novas bombas com as mãos lestas. Em vão a reserva de Chico Áts havia trazido areia em saco: não a podia utilizar, pois todo homem tinha o que fazer na linha de frente. Jogaram, pois, os sacos ao chão para combater com mais facilidade.

Nesse ínterim as duas cornetas não deixavam de ressoar excitando à luta: a de Kolnay do alto do barracão, a do mais moço dos Pásztor do meio da peleja. Agora o inimigo estava a menos de doze passos da trincheira.

— Bem, Kolnay — disse Boka —, mostre agora do que é capaz! Desça à trincheira sem se preocupar com as bombas, e, depois de chegar, toque a assalto. Os da trincheira devem romper fogo; quando esgotarem a munição, poderão atacar.

— Olá-ó! — gritou Kolnay.

E saltou do telhado do barracão. Dessa vez não ia rastejando, mas corria de cabeça levantada para a trincheira. Boka lhe gritou alguma coisa, mas sua voz foi abafada pelo barulho da peleja e pelo ressoar perpétuo da corneta inimiga. O general seguiu com os olhos o seu ajudante de ordens, para ver se conseguia levar a notícia à trincheira antes que os camisas-vermelhas enxergassem a tropa escondida ali.

Um rapaz espadaúdo destacou-se da massa dos combatentes e saltou na frente de Kolnay, agarrando-o pelo braço. Estava acabado: a ordem não poderia ser cumprida.

— Irei eu mesmo — disse Boka desesperado.

Ele também pulou no chão e dirigiu-se correndo para a trincheira.

— Alto! — berrou-lhe Chico Áts.

Boka sentia que deveria aceitar o combate com o general inimigo, mas com isso podia arriscar tudo. Continuou, pois, a corrida em direção à trincheira.

Chico Áts atirou-se no encalço dele.

— Você é um covarde! — gritou. — Foge de mim! Mas espere, que o pego de qualquer jeito.

Pegou-o de fato no próprio momento em que Boka se jogou na trincheira. Este mal teve o tempo de gritar:

— Fogo!

Nesse momento Chico Áts recebeu umas dez bombas frescas na camisa vermelha, no boné vermelho, no rosto vermelho.

— Vocês são uns diabos! — gritou. — Será que estão surgindo do fundo da terra?

A essa altura o fogo da artilharia funcionava em toda a linha. Os fortes atiraram bombas de cima, a trincheira, de baixo. Nuvens novas de poeira se levantavam, e vozes novas também, pois os defensores da trincheira, até então condenados ao silêncio, vieram juntar-se às outras tropas. Boka julgou chegado o momento para o ataque final. Pôs-se na extremidade da linha de combate, a dois passos apenas de Kolnay, ainda empenhado em luta com o camisa-vermelha que o atacara. Pulou no parapeito da trincheira, arrancou de lá a bandeira vermelha e verde, ergueu-a no alto e deu a última ordem:

— Assalto geral! Avante!

Então saiu das entranhas da terra um novo exército, avançando a passo de corrida. Os soldados, evitando lutas singulares e mantendo-se em fileira cerrada, repeliram da trincheira os inimigos.

Do alto do forte, Barabás gritou:

— Não há areia!

— Desçam! Assalto! — respondeu Boka sem se deter.

Mãos e pernas apareceram nos flancos dos fortes, a artilharia apeou-se. Era a segunda fileira cerrada que avançava a passo atrás da primeira.

A batalha já estava encarniçada. Os camisas-vermelhas, sentindo a sua derrota, não observavam muito as regras. Para eles as regras só serviam enquanto pensavam poder vencer em luta regular. Agora, porém, abandonavam toda a formalidade.

Isso tornava perigosa a situação, tanto mais quanto os camisas-vermelhas, embora muito menos numerosos, aguentavam melhor a peleja que os rapazes da rua Paulo.

— Vamos ao barracão! — berrou Chico Áts. — Libertemo-los!

E todo o novelo, como se tivesse virado de repente, pôs-se a rolar para o barracão. Os da rua Paulo não estavam preparados para isso. Os camisas-vermelhas escapavam-lhes. Como quando alguém bate num prego e de repente percebe que este se curvou debaixo do martelo, assim se curvou para a esquerda a linha dos assaltantes. À frente, Chico Áts em corrida desabalada, com a esperança da vitória na voz:

— Sigam-me!

Nesse momento, como se lhe tivessem atirado alguma coisa nas pernas, estacou. Um menino lhe impediu a passagem perto do barracão. O chefe dos camisas-vermelhas parou e, atrás dele, os combatentes estacaram também.

Na frente de Chico Áts via-se um rapazinho que lhe dava pelo pescoço; um rapazinho magrinho, louro, que ergueu para o ar as duas mãos num gesto proibitivo. Uma voz de criança gritou:

— Alto!

O exército da rua Paulo, que já se assustara ante a reviravolta inesperada, soltou um grito de alívio:

— Nemecsek!

E o menino doente, franzino, de ossos finos, agarrou de repente o grande Chico Áts, apertou-o com uma força descomunal, de que só a terrível febre daquele estado semi-inconsciente tornara capaz o seu pobre corpo, e atirou ao chão, segundo as regras, o general surpreendido.

Depois ele mesmo caiu, desmaiado, ao lado do adversário.

Nesse momento dissolveu-se toda a ordem entre os camisas-vermelhas. Como se lhes tivessem cortado a cabeça, viram selado o seu destino com a queda do chefe. Os da rua Paulo aproveitaram-se da confusão momentânea, juntaram-se em cadeia e fizeram recuar rumo ao portão o exército espantado.

Chico Áts levantou-se e olhou em redor, com o rosto vermelho de cólera, os olhos brilhantes, limpando os trajes da poeira. Estava sozinho. O seu exército já se debatia junto ao portão, misturado ao adversário triunfante, e ele ficara ali, sozinho, derrotado.

A seu lado, no chão, jazia Nemecsek.

Quando o último dos camisas-vermelhas foi expulso e o portão se fechou atrás dele, lia-se nos rostos o orgulho do triunfo. Ressoaram vivas, exclamações vitoriosas.

Boka, entretanto, vinha correndo da serraria, acompanhado do Eslovaco. Traziam água para Nemecsek. Aos poucos todos se juntaram em volta do soldadinho desmaiado, e o alvoroço alegre foi substituído por um silêncio mortal. Chico Áts, de lado, olhava soturno para os vencedores. Do barracão se ouviam, ainda, as pancadas furiosas dos prisioneiros.

Mas quem se preocupava com eles naquele instante?

Iano levantou Nemecsek do chão e deitou-o no parapeito

da trincheira. Em seguida, começou a lavar-lhe os olhos, a fronte e o rosto com água. Poucos minutos depois Nemecsek abriu os olhos, olhou em redor com um sorriso cansado. Todos estavam calados.

— Que é que há?

Achavam-se todos tão perturbados, que ninguém teve bastante presença de espírito para responder-lhe. Continuavam olhando-o atônitos.

— Que há? — repetiu ele, sentando-se no parapeito.

Nesse instante Boka se aproximou dele:

— Está melhor?

— Melhor.

— Não está sentindo nada?

— Não.

Nemecsek sorriu e depois perguntou:

— Vencemos?

Essa pergunta não só pôs fim ao silêncio, como também provocou uma resposta entusiástica de todos.

— Vencemos! — gritaram todos a uma só voz.

Ninguém nesse instante cuidava de Chico Áts, que se mantinha lá ao pé de uma das pilhas de lenha e observava aquela cena de família com uma mistura de gravidade e raiva.

— Sim, vencemos — disse Boka. — Mas agora, no fim da batalha, por pouco não aconteceu uma catástrofe; devemos a você ter evitado isso. Se você não aparecesse de repente entre nós e não pegasse Chico Áts de surpresa, eles tinham libertado os prisioneiros do barracão, e nem sei o que teria acontecido.

O lourinho zangou-se:

— Não é verdade. Você fala assim para eu ficar satisfeito; fala assim porque estou doente.

Passou a mão na testa. Agora que o sangue lhe tinha voltado ao rosto, estava novamente corado. Via-se que a febre o consumia por dentro.

— Agora — disse Boka — levaremos você para casa imediatamente. Foi uma tolice ter vindo. Nem compreendo como seus pais o deixaram vir.

— Não me deixaram. Vim sem que me deixassem.

— Como?

— Papai tinha saído de casa: levara um terno para provar. Mamãe tinha ido à casa da vizinha para esquentar a minha sopa. Ela não tinha fechado a porta, e dissera-me que a chamasse se precisasse de alguma coisa. Então fiquei sozinho. E sentei-me na cama e apurei os ouvidos. E não ouvia nada, mas apesar disso parecia-me ouvir. Zuniam-me os ouvidos, vieram cavalos, houve gritos, toque de corneta. Ouvi a voz do Csele como se me gritasse: "Vem, Nemecsek, estamos em perigo!". Depois ouvi você mesmo gritar: "Não venha, Nemecsek, não precisamos de você, está doente. Você vinha quando brincávamos com bolas de gude e nos divertíamos, mas agora que estamos lutando e perdendo, agora não vem!". Foi o que você falou, Boka. Ouvi a sua voz! Então pulei da cama. E caí no chão, porque tinha estado deitado tanto tempo que me sentia sem nenhuma força. Mas levantei-me, retirei do armário as roupas e os sapatos, e vesti-me às pressas. Já estava vestido, quando mamãe voltou. Ao ouvir-lhe os passos, pulei na cama, vestido como estava, e puxei o cobertor sobre o queixo para ela não me ver de paletó e calça. Então mamãe me disse: "Vim apenas saber se você não precisava de alguma coisa". Então eu disse: "Não", e ela saiu novamente, e então eu desapareci de casa. Mas eu não sou um herói, pois eu não sabia que aquilo era tão importante; eu vim apenas combater com vocês. Mas, quando vi o Chico Áts, lembrei-me de que, se eu não podia combater ao lado de vocês, é porque ele me fizera tomar um banho frio. Então fiquei furioso e pensei: "Bem, Ernesto, chegou a hora", e fechei os olhos e... e... atirei-me em cima dele...

O lourinho contou tudo isso com tamanho calor que ficou exausto e se pôs a tossir.

— Não fale mais — disse Boka. — Contará tudo noutra ocasião. Agora o levaremos para casa.

Entretanto, com o auxílio de Iano, soltaram os prisioneiros do barracão um por um. Os que ainda estavam com as armas foram desarmados, e todos saíram, um após outro, tristes, pelo lado da rua Maria. Parecia-lhes que a chaminezinha preta cuspia a fumaça com ar escarnecedor e a serraria mandava atrás deles um apito irônico, como se fosse ela também amiga dos vencedores.

Chico Áts ficou por último, imóvel junto a uma pilha de lenha, a fitar o chão. Kolnay e Csele aproximaram-se dele e quiseram tirar-lhe a arma. Boka, porém, impediu-os:

— Não toquem no general.

E pôs-se diante de Chico Áts.

— General — disse-lhe —, o senhor tem-se batido com heroísmo!

O camisa-vermelha encarou-o com tristeza, como para dizer-lhe: "De que me serve agora o seu elogio?".

Boka fez meia-volta e gritou:

— Sentido!

Essa ordem pôs fim à conversa nas fileiras. Todos, Boka à frente, levaram a mão ao boné. No próprio Nemecsek, coitadinho, acordou de repente o soldado raso. A custo ergueu-se do chão, cambaleando, perfilou-se, fazendo continência àquele que fora causa de sua grave doença.

Retribuída a continência, Chico Áts saiu, levando a arma, privilégio que não fora concedido a mais ninguém. As demais armas — as famosas lanças de cabo prateado, os *tomahawks* índios — jaziam ali, à porta do barracão. No forte nº 3, a bandeira, reconquistada por Geréb a Szebenics em luta encarniçada, estava hasteada de novo.

— Geréb está aqui? — perguntou Nemecsek admirado, de olhos esbugalhados.

— Sim — adiantou-se Geréb.

O lourinho olhou para Boka com ar interrogativo.

Boka respondeu-lhe.

— Está aqui e expiou o seu erro. Restituo-lhe, pois, neste momento, a graduação de tenente.

Geréb corou:

— Obrigado.

Depois acrescentou baixinho:

— Mas...

— Que é isso?

— Bem sei que não é de minha conta — disse Geréb perturbado —, pois depende do general, mas... penso eu... se não me engano... que Nemecsek ainda continua soldado raso.

Fez-se um silêncio grande. Geréb tinha razão. No meio de tantas emoções, todos haviam esquecido que aquele que, pela terceira vez, lhes prestara serviço inestimável, continuava pracinha.

— Tem razão, Geréb — disse Boka. — Mas é fácil consertar isto. Nemecsek está nomeado...

Mas Nemecsek interrompeu-o:

— Não quero ser nomeado... não fiz nada para isso... não vim aqui para isso...

Boka, desejando parecer severo, gritou:

— Não importa a razão por que você veio, mas sim o que fez depois de ter chegado. Ernesto Nemecsek está nomeado capitão.

— Viva! — gritaram todos ao mesmo tempo.

E todos cumprimentaram o novo capitão, inclusive os tenentes e os alferes; o próprio general, à frente de todos, fez continência tão prontamente como se fosse ele o pracinha e o lourinho o general.

De repente uma mulher franzina, pobremente trajada, que entrara no *grund* pela parte de trás, apareceu diante dos soldados.

— Jesus! — gritou. — Você está aqui? Logo vi que tinha vindo para cá!

Era a mãe de Nemecsek. Vinha chorando. Procurara o filho doente por toda parte, e só viera ao *grund* perguntar se os rapazes não o tinham visto. Estes a cercaram e procuraram tranquilizá-la. A pobre mulher agasalhou o filho, passou-lhe o próprio xale no pescoço e foi levando-o para casa.

— Acompanhemo-lo! — disse Weiss, que até então não dissera patavina.

Essa ideia agradou a todos.

— Acompanhemo-lo! — gritaram.

E arrumaram-se às pressas. Jogaram as armas do inimigo dentro do barracão, e toda a turma seguiu a pobre senhora, que avançou rapidamente, apertando o filho contra si para comunicar-lhe algo do calor do próprio corpo.

Na rua Paulo formaram dois a dois e continuaram a seguir-lhe o passo. O crepúsculo descia, acendiam-se os lampiões, uma luz forte saía das lojas e iluminava a calçada.

Os transeuntes que passavam pela rua rapidamente, atrás de seus negócios, pararam um instante ao verem passar aquele desfile estranho: na frente uma mulher franzina, loura, olhos vermelhos de chorar, que marchava apressadamente, apertando a si um menino, do qual só se via o nariz, de tão agasalhado num xale enorme, e, atrás deles, um grupo de rapazes marchando dois a dois, a passo militar, todos de boné vermelho e verde na cabeça.

Houve quem sorrisse deles. Um ou outro garoto riu alto. Os meninos, porém, pouco se importavam com isso. O próprio Csónakos, que, em outras ocasiões, castigava tais risos imediatamente e da maneira mais exemplar, andava no meio dos outros sem se mexer, sem reparar nas chacotas dos aprendizes de sapateiro. A homenagem que estavam prestando era, aos olhos de todos eles, uma coisa tão santa e grave que nem mesmo o garoto mais alegre do mundo poderia perturbá-la.

A Sra. Nemecsek, entretanto, nem notou aquele séquito. Teve de parar, porém, no portão da casinha da rua Rákos, antes de entrar, porque o filho se obstinava em ficar na soleira e não havia poder terrestre que o arrancasse dali. Desvencilhou-se dos braços da mãe e plantou-se diante dos outros.

— Até amanhã — disse.

Todos lhe apertaram a mão, que estava quente. Depois Nemecsek e a mãe desapareceram no vão escuro do portão. Ouviu-se o ranger de uma porta, viu-se luz numa janelinha do quintal. Depois o silêncio reinou de novo.

Os rapazes permaneceram ali durante algum tempo, quase sem dar por isso. Não falavam: limitavam-se a fitar o quintal, a janelinha clara por trás da qual a Sra. Nemecsek estava deitando de novo o filho, o pequeno herói. Por fim um deles soltou um suspiro triste. Csele disse:

— Então?

E partiram em grupos de dois e três, pela ruazinha escura, em direção à avenida de Üllö. Todos estavam cansados, esgotados pelo combate. A rua era percorrida por um vento frio e forte de primavera, que trazia dos montes o sopro frio das neves derretidas.

Outros se foram na direção oposta, rumo ao bairro Francisco. Por fim, só dois ficaram em frente da porta: Boka e Csónakos. Este aguardava, sem jeito, que Boka se pusesse a caminho. Mas como o outro nem se mexia, perguntou-lhe modestamente:

— Vem?

— Não — respondeu Boka baixinho.

— Fica?

— Fico.

— Então, até amanhã.

Ele também foi-se embora devagar, arrastando os pés. Boka o seguiu com o olhar, e viu-o voltar-se algumas vezes até que se sumiu na esquina. E a pequena rua Rákos, que se esconde tão humilde ao lado da barulhenta avenida de Üllö e seus bondes de burro, descansava agora na escuridão. Só o vento passava por ela, batendo com força nos vidros dos lampiões a gás. Uma lufada mais forte sacudiu-os todos, como se as chamas trêmulas do gás comunicassem umas às outras algum sinal secreto. Em toda a ruazinha não havia vivalma, a não ser o general João Boka. E quando o general João Boka lançou os olhos pela rua e percebeu que estava sozinho, sentiu um tal aperto no coração que, por mais general que fosse, se encostou ao batente do portão e pôs-se a chorar de verdade, amargamente, do fundo da alma.

Ele sentia, sabia o que nenhum deles se atrevia a exprimir. Via como definhava o seu soldadinho tristemente, vagarosamente. Sabia como aquilo tinha de acabar, e que acabaria dentro em pouco. Não lhe importava ser um general vitorioso, não lhe importava perder a gravidade pela primeira vez e tornar-se criança: chorava, repetindo consigo mesmo: "Meu amigo... meu bom amiguinho... meu bom capitãozinho...".

Um senhor passou por ali e perguntou:

— Por que chora, menino?

Boka não respondeu. O homem encolheu os ombros e passou. Veio uma mulher pobre com uma grande cesta; ela também parou, examinou-o alguns segundos sem dizer nada, depois foi-se embora. Por fim chegou um homenzinho magro e se enfiou pelo portão. Mas reconheceu Boka e voltou-se:

— É você, João Boka?

— Sou eu mesmo, Sr. Nemecsek.

Era o alfaiatezinho. Trazia no braço um terno alinhavado que fora levar a Buda para prova. Ele, afinal, compreendeu

Boka. Nem lhe perguntou: "Por que choras, menino?", nem o fitou com espanto: chegou-se a ele, abraçou-lhe a cabecinha inteligente e pôs-se a chorar com ele à porfia. Então Boka se mostrou novamente general.

— Não chore, Sr. Nemecsek — disse ao alfaiate.

O alfaiate enxugou os olhos com as costas da mão e fez um aceno no ar como quem diz: "Tanto faz, não há mais jeito; pelo menos chorei o meu bocado".

— Deus o abençoe,[4] filhinho — disse ao general. — Vá para casa direitinho.

E entrou no quintal.

Então Boka também enxugou os olhos e suspirou. Olhou em redor e quis encaminhar-se para casa. Mas algo parecia prendê-lo ali. Sabia que não adiantava, mas tinha a impressão de que lhe cabia o dever sacrossanto de permanecer ali e montar guarda em frente à casa do seu soldadinho agonizante. Deu alguns passos na calçada, depois foi para o outro lado da rua, e dali começou a contemplar a casinha.

Ouviram-se passos no silêncio da ruazinha deserta. "Deve ser algum operário que vai para casa", pensou Boka, e cabisbaixo retomou o seu triste passeio. Tinha o espírito cheio de uma porção de pensamentos tristes que antes nunca lhe haviam ocorrido, perguntas sobre a vida e a morte, para as quais não conseguia encontrar resposta.

Os passos aproximavam-se cada vez mais, mas de repente pareceram afrouxar. Uma sombra escura veio cautelosa-

[4] Saudação húngara que equivale mais ou menos ao nosso *adeus*. [P.R.]

mente roçando as paredes, e deteve-se ante a casa onde moravam os Nemecsek. Olhou pelo portão, entrou um instante, saiu, parou novamente e pôs-se a passear diante da casa. Quando chegou sob a luz de um dos lampiões, o vento abriu-lhe a gola do sobretudo. Aos olhos de Boka apareceu uma camisa vermelha.

Era Chico Áts.

E os dois generais fitaram-se dos dois lados da rua.

Pela primeira vez na vida deles se encontravam assim a sós, cara a cara, diante daquela casinha triste, um trazido pelo coração, outro pela consciência. Fitaram-se sem uma palavra. Depois Chico Áts recomeçou o seu vaivém diante da casa. Andou muito tempo, até que o porteiro saiu do quintal escuro para fechar o portão. Então Chico Áts tirou o chapéu e perguntou-lhe algo baixinho. A resposta do porteiro chegou até Boka. Era apenas esta palavra:

– Mal.

E o homem bateu o portão pesado. O barulho quebrou o silêncio da rua, mas apagou-se logo depois como o trovão no meio das montanhas.

Chico Áts afastou-se devagar, dirigindo-se para a direita. Boka também tinha de ir. O vento assobiava, frio. Os dois generais partiram, um pela direita, outro pela esquerda, sem trocar uma palavra.

Então a ruazinha adormeceu definitivamente na fresca noite de primavera. O vento passeava nela como único senhor, sacudindo o vidro dos lampiões, agitando a cabeleira brilhante das chamas do gás, fazendo chorar um ou outro cata-vento enferrujado. Soprou por todas as fendas, e o seu hálito penetrou até no pequeno quarto onde um pobre alfaiatezinho jantava toucinho embrulhado em papel de jornal, sem falar, e numa caminha ao lado um capitãozinho arfava com as faces em fogo, os olhos ardentes. O vento bateu na vidraça, fez tremer a chama da lâmpada de petróleo. A mulher pequeninha agasalhou o filho:

— Que vento, filhinho!

— Vem do lado do *grund* — disse o capitão com um sorriso triste, numa voz quase imperceptível. — Do nosso querido *grund*...

9

Extrato dos autos da Sociedade do Betume:

ANOTAÇÃO

Na assembleia geral realizada na data de hoje foram tomadas as resoluções que se transcrevem a seguir:

§1º

À pág. 17 dos autos há a seguinte anotação: ernesto nemecsek com minúsculas. Esta anotação se anula com a presente, por ter sido motivada por um erro, e a assembleia geral declara solenemente ter ofendido o sócio em apreço sem razão, o que ele suportou com resignação, tendo tomado parte na guerra como verdadeiro herói, o que é um fato histórico. Em vista disso, a

Sociedade declara ser culpa dela a anotação da pág. 17 e convida o redator dos autos a inscrever o nome do sócio em apreço todo em maiúsculas.

§2º

Inscreve-se todo em maiúsculas:
ERNESTO NEMECSEK
Leszik, redator dos autos, m.p.

§3º

A assembleia geral da Sociedade do Betume vota agradecimentos unânimes ao nosso general João Boka por haver conduzido o combate de ontem como um grande capitão do livro de História, e resolve, em homenagem, que todos os sócios deverão em casa anotar à tinta no livro de História, à pág. 168, na 4ª linha de cima para baixo, ao lado do título "João Hunyadi",[1] as palavras "e João Boka". Esta resolução foi tomada porque o general bem o merece, pois, se ele não se tivesse comportado tão bem, os camisas-vermelhas nos teriam vencido. Todos os sócios serão igualmente obrigados a inscrever a lápis, no capítulo intitulado "A derrota de Mohács", ao lado do nome do arcebispo Tomori,[2] igualmente derrotado, as seguintes palavras: "e Francisco Áts".

[1] Personagem da história húngara, famoso general que retomou Belgrado aos turcos em 1456. [P.R.]

[2] O arcebisbo Tomori comandou o Exército húngaro derrotado em 1526

§4º

*Como o general João Boka, apesar de nossos protestos, confiscou arbitrariamente o patrimônio da Sociedade (*24 kraj-cár*), pois todos tinham de oferecer o que possuíam para fins de guerra, e no fim comprou-se apenas uma corneta de 1 florim e 40* krajcár, *embora no Bazar Roser se possa comprar por 60 e até por 50, mas eles faziam questão de comprar a mais cara porque tinha a voz mais forte, e tomamos aos camisas-vermelhas a corneta deles e agora temos duas, embora não precisemos mais de nenhuma, ou, quando muito, de uma só, resolvemos pedir a restituição do patrimônio da Sociedade (*24 krajcár*), mesmo que o general deva vender uma das cornetas, mas nós precisamos do nosso dinheiro (*24 krajcár*), o que ele aliás prometeu.*

§5º

A Sociedade resolve censurar o presidente Paulo Kolnay por ter deixado secar o betume social. Como a discussão deve ser anotada nos autos, ei-la:

Presidente: *Se não mastiguei o betume, foi por estar ocupado com a guerra.*

Sócio Barabás: *Não é desculpa.*

Presidente: *O Barabás está-me amolando de propósito e eu o chamo à ordem, e mastigo o betume com toda a satisfação, pois*

---

pelos turcos na planície de Mohács. Em consequência dessa derrota, grande parte da Hungria ficou sob o domínio turco durante século e meio. [P.R.]

conheço o meu dever, e sei que fui eleito presidente para mastigá-lo, conforme os estatutos, mas não quero que me amolem.

Sócio Barabás: *Não estou amolando ninguém.*

Presidente: *Sim, está.*

Sócio Barabás: *Não estou.*

Presidente: *Está.*

Sócio Barabás: *Não estou.*

Presidente: *Está certo, fique com a última palavra.*

Sócio Richter: *Prezados sócios! Proponho que o presidente seja autuado por ter deixado de cumprir com o dever.*

Sócios: *Muito bem!*

Presidente: *Peço que a Sociedade me perdoe desta vez, senão por outro motivo, pelo menos porque combati ontem como um leão feroz, e fui o ajudante de ordens, e corri à trincheira no meio do maior perigo, e fui derrubado pelo inimigo, e sofri horrores pelo nosso império. Não é justo, pois, que eu sofra ainda por não ter mastigado o betume.*

Sócio Barabás: *O betume nada tem que ver com a guerra.*

Presidente: *Tem, sim.*

Sócio Barabás: *Não tem, não.*

Presidente: *Digo que tem.*

Sócio Barabás: *Digo que não tem.*

Presidente: *Está certo, fique com a última palavra.*

Sócio Richter: *Peço que a minha moção seja adotada.*

Sócios: *Está adotada.*

Outros sócios: *Não está.*

Presidente: *Submeto a moção aos votos.*

Sócio Barabás: *Peço votação nominal. Procede-se à votação.*

Presidente: *A Sociedade, por uma maioria de três votos, manda autuar o presidente Paulo Kolnay. Isto é uma ignomínia.*

Sócio Barabás: *O presidente não tem o direito de ser grosseiro com a maioria dos votos.*

Presidente: *Tem, sim.*

Sócio Barabás: *Não tem, não.*

Presidente: *Digo que tem.*

Sócio Barabás: *Digo que não tem.*

Presidente: *Está certo, fique com a última palavra.*

Estando esgotada a ordem do dia, o presidente encerra a sessão.

Ass.: *Leszik, redator dos autos, p.m.p.*
Kolnay, presidente, p.m.p.

Continuo dizendo que isto é uma ignomínia.

10

Na casinha amarela da rua Rákos o silêncio era profundo. Os inquilinos, que costumavam reunir-se no quintal para tagarelar bem alto, passavam agora na ponta dos pés diante da porta do alfaiate Nemecsek. As criadas levavam para o fundo do quintal as roupas e os tapetes para espanar, e mesmo lá batiam neles com doçura a fim de que o barulho não incomodasse o doente. Se os tapetes fossem capazes de ter sentimentos, ficariam admirados de receber apenas palmadinhas em vez das furiosas pancadas de costume...

Os moradores enfiavam a cabeça pela porta para perguntar:

— Como vai o menino?

Todos recebiam a mesma resposta:

— Mal, muito mal.

As vizinhas traziam uma coisa ou outra.

— Trouxe um vinhozinho bom para a senhora — dizia uma.

— Se não a aborrece, tenho aqui uns doces para o menino — dizia outra.

A senhora franzina, que abria a porta com os olhos em lágrimas, agradecia as gentilezas daqueles bons corações, embora as aproveitasse bem pouco. Chegou a dizer a uma ou outra vizinha:

— Coitadinho, não come nada; nestes dois últimos dias tem sido uma luta para fazê-lo tomar um pouquinho de leite.

O alfaiate chegou às três horas. Vinha da loja, onde lhe tinham dado algum serviço. Entrou na cozinha cuidadosamente, para não fazer barulho, e não perguntou nada à mulher. Apenas olhou para ela, e ela para ele. Era o que bastava para os dois se entenderem. Ficaram assim um em frente do outro, e o alfaiate nem se lembrou de colocar numa cadeira o paletó que trouxera.

Depois os dois entraram no quarto, onde o menino estava deitado. O triste capitão da rua Paulo estava bem diferente do alegre soldado raso de outrora. Emagrecera, tinha os cabelos crescidos, o rosto chupado. Mas não estava pálido, e o que havia de grave no seu estado era precisamente a vermelhidão das faces, que não era a cor da saúde, mas a irradiação do fogo que o abrasava por dentro, incessantemente, havia dias.

Pararam junto ao leito. Eram pessoas pobres, simples, tinham passado por muitos males e muitas amarguras: não se queixavam. Apenas permaneciam ali cabisbaixos, a fitar o chão. Depois o alfaiate perguntou baixinho:

— Está dormindo?

A mulher nem teve coragem de falar; respondeu com um aceno de cabeça. O estado do menino era tal que nem se podia saber mais se dormia ou não.

Ouviu-se um modesto bater na porta de fora.

— Talvez seja o médico — cochichou a mulher.

— Vá abrir — disse-lhe o marido.

Ela foi abrir, e viu Boka na soleira. Ao reconhecer o amigo do filho, um sorriso triste alumiou o rosto da senhora.

— Posso entrar? — perguntou o rapaz.

— Entre, meu filho.

Boka entrou.

— Como vai ele?

— Muito mal.

— Muito mal?

Sem esperar confirmação, Boka entrou no quarto seguido da Sra. Nemecsek. E agora eram três a se debruçarem sobre a cama sem nada dizer. Enquanto permaneciam nessa imobilidade, o doente, como se lhes sentisse os olhares e o silêncio, abriu vagarosamente os olhos. Fitou primeiro o pai, depois a mãe, com infinita tristeza. Por fim, ao ver Boka, sorriu e disse-lhe numa voz fraca, mal perceptível:

— Você veio, Boka?

Boka aproximou-se mais da cama:

— Vim.

— Vai ficar?

— Vou.

— Até eu morrer?

A isto Boka não sabia o que respondesse. Sorriu para o amigo; depois como quem pede conselho, virou-se, procu-

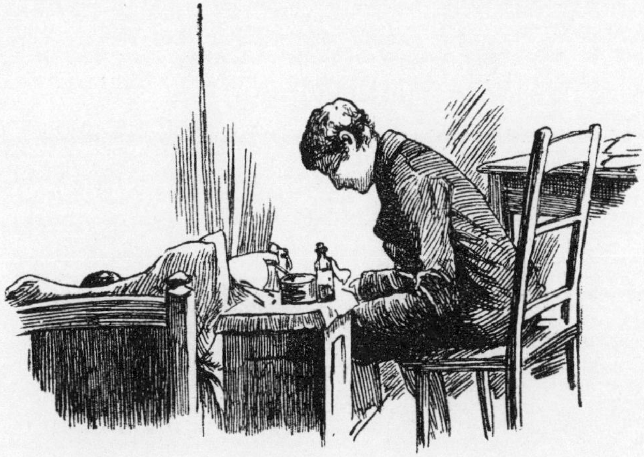

rando os olhos da Sra. Nemecsek. Esta, porém já estava de costas voltadas, a enxugar os olhos no avental.

— Estás dizendo bobagens — disse o alfaiate, limpando a garganta. — *Hã-hã*. Estás dizendo bobagens.

Mas dessa vez Ernesto Nemecsek nem ligou às palavras do pai. Esboçando um movimento de cabeça em direção a ele, disse a Boka:

— Eles não sabem.

Boka não aguentou mais:

— Como não! Sabem muito melhor do que você.

O doente mexeu-se, ergueu-se a custo, apoiado no travesseiro, e sentou-se na cama. Não suportou o auxílio que lhe queriam dar, e com um dedo em riste disse com gravidade:

— Não acredite no que dizem, pois estão falando por pilhéria. Sei que vou morrer.

— Não é verdade.

— Você disse que não é verdade?

— Disse.

— Então eu sou um mentiroso? — perguntou ofendido.

Procuraram tranquilizá-lo pedindo-lhe que não se zangasse, pois ninguém o acusava de mentira. Mas desta vez ele estava intransigente, zangado por não lhe darem crédito. Fez uma careta séria e disse:

— Pois lhe dou a minha palavra de honra que vou morrer.

A mulher do porteiro apareceu na porta:

— O médico está aqui.

O médico entrou. Todos o cumprimentaram com respeito. Era um senhor idoso, de ar muito severo. Sem dizer palavra, saudou com ar carrancudo e encaminhou-se diretamente para a cama. Pegou a mão do menino, depois apalpou-lhe a fronte. Por fim, encostou a cabeça no peito dele para auscultá-lo. A mãe não conteve a pergunta:

— Desculpe... Sr. Doutor... Será que piorou?

O médico abriu a boca pela primeira vez:

— Não.

Mas pronunciou a palavra de um modo estranho, sem encarar sequer a interlocutora. Depois, tomou o chapéu e saiu. O alfaiate foi abrir-lhe a porta, prestativo:

— Vou acompanhá-lo, Doutor.

Quando estavam na cozinha, o médico fez ao alfaiate um aceno com os olhos para pedir-lhe que fechasse a porta do quarto. O pobre alfaiate suspeitou o significado deste aceno: o médico desejava falar-lhe a sós. Fechou a porta. Nesse momento o rosto do médico pareceu assumir uma expressão algo mais amistosa.

— Sr. Nemecsek — disse-lhe —, o senhor é homem, vou-lhe falar com toda a franqueza.

O alfaiate baixou a cabeça:

— O menino não irá até de manhã. Talvez nem chegue à noite.

O alfaiate nem se mexia. Só ao cabo de alguns segundos pôs-se a abanar a cabeça, sem falar.

— Estou dizendo — continuou o médico — porque o senhor é homem pobre, e seria pior se a desgraça o colhesse de improviso. Pois seria bom que o senhor cuidasse... cuidasse daquilo... de que se costuma cuidar em casos assim...

Fitou-o ainda; depois, de repente, pôs-lhe a mão no ombro:

— Deus o abençoe. Voltarei ao cabo de uma hora.

O alfaiate nem ouvia. Continuava olhando, diante de si, para o chão da cozinha, lavado pouco antes. Nem percebeu que o médico tinha saído. Só pensava naquela recomendação de cuidar daquilo de que se costuma cuidar em tais ocasiões. Que seria que o médico entendia por "aquilo"? Seria, talvez, um caixão?

Voltou ao quarto, cambaleando, e sentou-se numa cadeira. Não lhe arrancaram mais uma palavra. Em vão a mulher lhe perguntou:

— Que foi que o médico disse?

Ele continuava abanando a cabeça.

No rosto do menino apareceu uma alegria fugitiva. Chamou a Boka:

— João, venha cá.

Ele se aproximou mais:

— Sente-se na beira de minha cama. Não tem medo?

— Por que havia de ter?

— Talvez tenha medo de que eu morra enquanto você estiver sentado na cama. Mas fique descansado: quando eu sentir que morro, o avisarei.

Boka sentou-se na beira da cama:

— Pois então, que é que você deseja?

— Diga-me — perguntou-lhe o lourinho, abraçando-lhe o pescoço e inclinando-se sobre ele como para cochichar-lhe ao ouvido um grande segredo —, que fim levaram os camisas--vermelhas?

— Vencemo-los.

— E depois?

— Depois voltaram ao Jardim Botânico, onde fizeram uma reunião. Esperaram até a noitinha, mas Chico Áts não apareceu. Então se aborreceram e foram para casa.

— Por que foi que Chico Áts não veio?

— Porque se assustou. Sabia que seria demitido porque perdera a batalha. Hoje, depois do almoço, reuniram-se novamente. Desta vez, Chico Áts foi também. Aliás, vi-o ontem diante desta casa.

— Aqui?

— Sim. Tinha vindo perguntar ao porteiro se você estava melhor.

Nemecsek ficou orgulhoso. Nem quis acreditar no que ouvira.

— Ele mesmo? — perguntou.

— Ele mesmo.

Era uma grande satisfação. Boka prosseguiu:

— Pois então houve nova reunião na ilha e eles fizeram um barulho enorme. Foi um verdadeiro fuzuê, pois todos queriam demitir Chico Áts. Só dois rapazes lhe ficaram fiéis: o Wendauer e o Szebenics. Os Pásztor falaram contra ele, pois o mais velho quis ser chefe. Por fim, Chico Áts foi efetivamente deposto e o mais velho dos Pásztor eleito. Mas sabe o que aconteceu depois?

— O que foi?

— Aconteceu que no fim, quando o barulho acabou e o chefe estava eleito, apareceu o guarda do Jardim Botânico, disse-lhes que o diretor não tolerava mais aquela barulheira, e enxotou-os do jardim. A ilha ficou interditada. Puseram uma porta na ponte.

Isso fez rir o capitão com alegria:

— Esta é boa! Como é que você soube?

— Foi Kolnay quem contou. Encontrei-o quando vim para cá. Ele ia ao *grund*, porque a Sociedade do Betume está realizando mais uma assembleia.

Essa lembrança levou o lourinho a fazer uma careta.

— Não gosto dessa gente — disse baixinho. — Escreveram-me o nome com minúsculas.

Boka apressou-se em tranquilizá-lo:

— Já foi consertado. Aliás, melhor do que consertado, pois escreveram o seu nome nos autos todinho em maiúsculas.

— Não é verdade — disse Nemecsek sacudindo a cabeça. — Você está-me dizendo isto apenas para me consolar, porque estou doente.

— Não, senhor. Estou dizendo porque é verdade. Dou-lhe a minha palavra de honra que é verdade.

O lourinho levantou de novo em riste o dedinho magro:

— Você chega a dar a sua palavra de honra para me consolar!

— Mas...

— Não fale! — replicou Nemecsek, gritando.

Sim, o capitão impôs silêncio ao general! Passou-lhe um verdadeiro carão, o que no *grund* seria um crime terrível; mas aqui não era, pois Boka o suportou sorrindo.

— Está certo — disse. — Se não o quer acreditar de mim, verá com os seus próprios olhos. Eles fizeram um diploma de honra especial para você, e vão trazê-lo daqui a pouco. Virá toda a sociedade.

O lourinho duvidava ainda:

— Quero ver para crer.

Boka encolheu os ombros, dizendo de si para si: "Melhor assim; pelo menos terá uma alegria bem maior".

Com este assunto, porém, excitou, sem querer, o doente, que sofria muito, coitadinho, com a injustiça da Sociedade do Betume, e ia-se irritando:

— Está ouvindo? — disse. — O que eles me fizeram foi uma sujeira.

Boka não teve mais coragem de falar, receava enervá-lo ainda mais. E quando Nemecsek lhe perguntou:

— Não acha que tenho razão?

Ele concordou:

— Tem toda.

— Pois bem — disse Nemecsek, sentando-se na cama —, lutei por eles como pelos outros, para que eles também pudessem permanecer no *grund*. Bem sei que não lutei por mim mesmo, pois nunca mais verei o *grund*.

Calou-se. Ficou matutando sobre este pensamento terrível: nunca mais veria o *grund*. Era uma criança. Deixaria de bom grado tudo neste mundo, se pudesse não abandonar o *grund*, o querido *grund*.

E — o que nunca lhe acontecera durante todo o curso da doença — esse pensamento fez-lhe brotar lágrimas nos olhos. O que o fazia chorar não era a tristeza, mas sim uma cólera impotente contra algo de poderoso que não o deixava tornar mais uma vez à rua Paulo, passear entre as pilhas de lenha, junto ao barracão. Lembrava-se da serraria, da cocheira, das duas grandes amoreiras de onde costumava arrancar folhas para Csele, que tinha em casa uma grande criação de bichos-da-seda, para a qual precisava de folhas, mas que, como era um grã-fino, não queria sujar a roupa fina trepando na árvore, e por isso mandava-o subir, a ele, Nemecsek, o soldado raso. Pensava na chaminezinha esbelta que arfava alegre e cuspia para o lindo céu azul as nuvenzinhas brancas, que se dissolviam num instante. E o apito conhecido da serra a vapor quando se choca com as achas para reduzi-las a pedaços chegava-lhe aos ouvidos.

Com as faces coradas, os olhos a brilhar, exclamou:

— Quero ir ao *grund*!

Como ninguém lhe respondesse ao grito, repetiu em voz mais exigente:

— Quero ir ao *grund*!

Boka pegou-lhe na mão:

— Está certo, você irá na semana que vem, quando estiver curado.

— Não — insistiu ele. — Quero ir agora mesmo! Imediatamente! Ajudem-me a vestir-me. Eu mesmo vou pôr o boné da rua Paulo.

Procurou debaixo do travesseiro o boné vermelho e verde, achatado, do qual não quisera separar-se, e colocou-o na cabeça.

— Vistam-me!

O pai respondeu-lhe com tristeza:

— Quando você estiver curado, Ernesto.

Mas ninguém podia com ele. E com toda a força dos seus pulmões doentes:

— Nunca estarei curado! — gritou em voz de comando, que ninguém se atreveu a contradizer. — Nunca hei de me curar! Todos vocês estão mentindo. Sei muito bem que vou morrer, e morrerei onde eu quiser. Pois eu quero ir ao *grund*!

Nem se podia cogitar disso, naturalmente. Os três rodearam-no, procuraram aquietá-lo, convencê-lo:

— Agora é impossível...

— Faz mau tempo...

— Na semana que vem...

E continuavam repetindo a palavra triste, sem terem a coragem de olhá-lo nos olhos inteligentes:

— Quando você estiver curado.

Mas tudo os desmentia. Falavam em mau tempo e o sol penetrava quente e brilhante no quintalzinho, o sol da primavera com seus raios rijos e vivificantes que dão força a tudo e a todos, salvo precisamente a Ernesto Nemecsek. O menino era sacudido agora por um acesso de febre. Debatia-se com violência, ondas de sangue afluíam-lhe às faces, e suas narinas finas se dilatavam, enquanto bradava em tom oratório:

— O *grund* é um país inteiro! Vocês não o sabem, porque nunca lutaram pela pátria.

Bateram à porta da cozinha. A Sra. Nemecsek foi ver.

— Vá — disse ao marido —, é o Sr. Csetneky.[1]

O alfaiate saiu. O Sr. Csetneky era um funcionário municipal que encomendava seus ternos a Nemecsek. Ao vê-lo, disse-lhe com nervosismo:

— Então? E o meu terno marrom de duas filas de botões?

De dentro se ouvia aquele monólogo constrangedor:

— Tocava a corneta... todo o *grund* se cobria de poeira... Avante!, Avante!

— Está aqui — disse o alfaiate — e o senhor pode prová-lo agora, se quiser. Devo-lhe pedir, porém, que o prove aqui na cozinha... o senhor me perdoe... é que estou com meu filho muito doente e ele está no quarto...

— Avante!, Avante! — ouvia-se do quarto uma voz de criança, já roufenha de tanto gritar. — Sigam-me! Assalto geral! Estão vendo os camisas-vermelhas? À frente vai Chico Áts com a lança prateada... eles vão-me atirar logo na água!

O Sr. Csetneky escutava:

— Que é?

— Coitadinho, está gritando.

— Por que grita, se está doente?

[1] Pronuncia-se *Tchêtnequi*. [P.R.]

O alfaiate encolheu os ombros:

– Já não é mais doença... está nas últimas... é a febre que o faz gritar assim, coitado...

E foi buscar no quarto o paletó marrom de duas filas de botões, alinhavado de linha branca. Quando abriu a porta ouvia-se:

– Silêncio, trincheira! Cuidado! Estão chegando... já chegaram. Corneteiro, toque!

Fazendo das mãos porta-voz, pôs-se a tocar:

– Tratá.. tratá... tratatá!

Virou-se, gritando, para Boka:

– Toque também!

Boka viu-se forçado a fazer das mãos porta-voz, e agora eram dois a tocar corneta: uma voz fraca, roufenha, cansada, e outra saudável e forte, mas que tinha um timbre tão triste como a primeira. Boka sentia-se sufocado pelas lágrimas, mas aguentava firme e fingia tocar com prazer.

– Lamento muito – disse o Sr. Csetneky, enquanto tirava o paletó –, mas preciso com urgência do terno.

– Tratá, tratá! – ouvia-se do quarto.

O alfaiate vestiu o paletó no freguês. Este lhe disse:

– Está apertando debaixo do braço.

– Sim, senhor.

(– Tratá, tratá!)

– Este botão fica muito alto, você terá que descê-lo. Gosto quando o peito fica bem direito.

– Sim, senhor.

(– Assalto geral! Avante!)

– Acho que a manga está um pouquinho curta.

— Não me parece.

— Como não? Veja bem. Você faz sempre as mangas curtas; é este o seu mal.

"Bem sei eu qual é o meu mal", disse consigo o alfaiate, marcando a manga com giz. Nesse ínterim o barulho, no quarto, aumentava sempre.

— Ah, ah! — gritava a voz do menino. — Você está aqui? Estamos afinal frente a frente! Posso pegá-lo, terrível general! Pois vamos! Veremos quem é o mais forte.

— Ponha algodão — disse o Sr. Csetneky. — Um pouco nos ombros, um pouco no peito, dos dois lados.

(— Zás! Estendi-te no chão!)

O Sr. Csetneky despiu o paletó marrom, e o alfaiate ajudou-o a vestir aquele em que vinha.

— Quando estará pronto?

— Depois de amanhã.

— Está certo. Mas vá trabalhar nisto já, para que eu não tenha de esperar de novo uma semana. Tem outro serviço, agora?

— Se pelo menos o menino não estivesse doente, meu senhor!

O Sr. Csetneky encolheu os ombros:

— É uma coisa bem triste, e eu lamento muito, mas, como disse, preciso do terno, e com urgência. Veja se o pega sem demora.

O alfaiate suspirou:

— Pois não!

— Então, até depois de amanhã — disse o Sr. Csetneky.

E saiu lépido. À porta, voltou-se ainda e gritou:

— Vá pegá-lo já.

O alfaiate pegou o lindo paletó marrom, pensando no que o médico dissera. Tinha de cuidar daquilo de que se costumava cuidar em casos como aquele. Estava certo: ia pegar o serviço imediatamente. Quem sabe para que serviria o dinheiro do paletó marrom! Talvez aqueles poucos florins fossem ter às mãos do carpinteiro, aquele que fazia caixões. E o Sr. Csetneky estrearia contente o terno novo, passeando no corso[2] da beira do Danúbio.

Voltou ao quarto e pôs-se a trabalhar. Nem olhava mais para a cama; levantava e baixava febrilmente a agulha e a linha para acabar depressa com aquilo. Era um serviço urgente. O Sr. Csetneky precisava daquilo; talvez o carpinteiro também precisasse.

Com o capitãozinho, entretanto, ninguém podia mais. Reunira as forças e pusera-se de pé na cama, a camisa de dormir a cair-lhe até os tornozelos. Na cabeça o boné vermelho e verde estava de viés. Perfilou-se. Falava estertorando, com o olhar perdido no vácuo:

— Sr. General, acabo de deitar por terra o chefe dos camisas-vermelhas; peço a promoção! Olhem-me bem: agora sou capitão! Combati pela pátria, morri pela pátria! Trará, trará! Toque, Kolnay!

Agarrou-se com uma das mãos à testeira da cama:

— Bombardeio, fortes! Ah, ah! Eis o Iano! Cuidado, Iano! Você também será capitão, Iano, e o seu nome não será

[2] Passeio elegante de Budapeste. [P.R.]

escrito com minúsculas! Xi! Vocês são rapazes sem coração; estão com inveja porque Boka se afeiçoou a mim e não a vocês, e me escolheu como amigo! Toda a Sociedade do Betume não passa de uma tolice! Peço a minha demissão!

Acrescentou mais baixo:

— Peço que se anote nos autos.

O alfaiate, ao lado da mesinha baixa, já não via, nem ouvia. Seus dedos ossudos corriam rápidos sobre o tecido; a agulha e o dedal resplandeciam. Fazia tudo a fim de não olhar para o lado da cama, pois receava que aquele espetáculo lhe tirasse a vontade de trabalhar, levando-o a jogar no chão o lindo paletó marrom do Sr. Csetneky e atirar-se na cama ao lado do filho.

O capitão sentou-se no leito e calado fitou o cobertor.

Boka perguntou-lhe baixinho:

— Está cansado?

Não respondeu. Boka o agasalhou, a mãe ajeitou-lhe o travesseiro debaixo da cabeça:

— Agora fique tranquilo. Descanse.

Ele fitou Boka, mas pelo seu olhar notava-se que não o via. Disse-lhe com ar atônito:

— Pai...

— Não, não — disse o general em voz abafada —, eu não sou o pai... Não me conhece? Eu sou João Boka.

O doente repetiu com voz exausta sem entender:

— Eu... sou... João Boka...

Fez-se longo silêncio. O menino fechou os olhos e soltou um grande suspiro, como se todas as dores de todos os homens tristes se lhe tivessem condensado na alma.

Ninguém falava.

— Talvez adormeça — cochichou a Sra. Nemecsek, que mal se aguentava nas pernas, de tanto velar.

— Deixemo-lo — respondeu Boka, cochichando também. Sentaram-se a um canto num divã verde surrado. O alfaiate interrompeu o trabalho, pôs o paletó marrom nos joelhos e deitou a cabeça na mesinha baixa. Todos estavam calados, e havia um grande silêncio, em que se ouviria o voo de uma mosca.

Vozes juvenis chegaram abafadas, filtradas pela janela, como se houvesse lá fora muitos meninos a conversar. De repente Boka ouviu um nome conhecido:

— Barabás!

Levantou-se e na ponta dos pés foi à cozinha. Ao abrir a porta envidraçada, encontrou no quintal um grupo dos rapazes da rua Paulo, reunidos timidamente ao pé do muro.

— São vocês?

— Sim — disse Weiss. — Toda a Sociedade do Betume está aqui.

— Que desejam?

— Trouxemos um diploma de honra escrito a tinta vermelha, em que a Sociedade pede perdão a Nemecsek, comunicando-lhe que o nome dele acaba de ser inscrito nos autos todo em maiúsculas. Trouxemos os autos também. E está aqui toda a Sociedade em delegação.

Boka abanou a cabeça:

— Não puderam vir mais cedo?

— Por quê?

— Porque agora ele está dormindo.

Os membros da delegação entreolharam-se:

— Não pudemos vir mais cedo, porque houve uma briga para se resolver quem devia chefiar a delegação. Levamos meia hora para eleger o Weiss.

A Sra. Nemecsek apareceu na porta:

— Não dorme. Está delirando.

Os rapazes ficaram enregelados.

— Entrem, meninos. Talvez ele recobre os sentidos ao ver vocês.

Abriu-lhes a porta. Todos entraram embaraçados, tímidos, como quem entra na igreja, tirando os bonés antes de transporem a soleira da cozinha. Quando a porta se fechou atrás do último, os demais já estavam à porta do quarto, mudos, respeitosos, de olhos arregalados, olhando para o alfaiate e para a cama. Nem isso fez o alfaiate levantar a cabeça; descansava-a no braço, calado. Não chorava; apenas estava muito cansado. Na cama jazia o capitão de olhos abertos, respirando com dificuldade, do fundo do peito, com a boca aberta. Não os reconheceu; talvez já olhasse para as coisas que olhos terrestres não podem ver.

A mãe empurrou-os:

— Andem, falem com ele.

Dirigiram-se para a cama, mas a custo, um encorajando o outro:

— Vá.

— Vá você.

Barabás disse:

— Você é o presidente da delegação.

Então Weiss aproximou-se da cama, devagarinho, seguido pelos outros. O menino nem olhava para eles.

— Fale — cochichou Barabás.

Weiss começou em voz trêmula:

— Olhe... Nemecsek...

Mas Nemecsek não ouvia. Arfava e fitava a parede.

— Nemecsek — repetiu Weiss, com a garganta presa pelo choro.

Barabás segredou-lhe ao ouvido:

— Não berre.

— Não estou berrando — disse Weiss, contente por haver articulado pelo menos aquilo sem chorar.

Depois reuniu as forças:

— Sr. Capitão — começou, sacando um papel do bolso —, ao virmos aqui... eu como presidente... em nome da Sociedade... porque estávamos enganados... e agora todos viemos pedir-lhe perdão... e neste diploma de honra tudo está escrito... conforme os autos...

Virou-se para trás. Já tinha duas lágrimas nos olhos, mas ainda assim não teria deixado por nada no mundo o tom oficial, o maior orgulho de todos eles.

— Senhor redator dos autos — cochichou —, dê-me os autos.

Leszik apressou-se em entregar o grande livro. Weiss colocou-o timidamente na beira da cama e abriu-o na página onde se lia a "anotação".

— Olhe — disse ao doente. — Está aqui.

Mas os olhos do doente fecharam-se. Depois de esperar um minuto, Weiss volveu:

— Olhe!

Nemecsek não respondeu. Todos se aproximaram do leito. A mãe abriu caminho entre eles, a tremer, e debruçou-se sobre o filho.

— Veja — disse ao marido numa voz estranha, atônita e trêmula —, ele não respira...

Auscultou-lhe o peito.

— Veja — bradou indiferente a tudo.— Ele não respira.

Os meninos afastaram-se da cama, ficando juntos a um dos cantos do quarto. Os autos da sociedade caíram da cama, abertos na página da anotação.

A mãe já uivava, em desespero:

— Veja! Tem as mãos frias!

E no grande silêncio abafado que sucedeu a estas palavras ouvia-se que o alfaiate, que até então estava imóvel no escabelo, a cabeça encostada nos braços, se pôs a soluçar baixinho, quase sem voz, como costumam soluçar os adultos, com os ombros sacudidos pelo choro. Ainda assim, tinha cuidado com o lindo paletó do Sr. Csetneky, pois deixou-o deslizar dos joelhos para não sujá-lo com as lágrimas.

A mãe abraçava, beijava o filhinho morto; depois ajoelhou-se ao pé da cama, enterrou o rosto no travesseiro e entrou a soluçar também. Ernesto Nemecsek, secretário da Sociedade do Betume, capitão do *grund* da rua Paulo, jazia na cama, alvo como a parede, de olhos fechados, num silêncio eterno. Agora não podia mais haver dúvida: ele nada via nem ouvia do que se lhe passava em redor, pois os anjos tinham vindo buscar-lhe a vista e os ouvidos, levando-os para aquele lugar cuja doce música só é ouvida e cujo esplendor deslumbrante só é visto pelos que foram como o capitão Nemecsek.

— Chegamos tarde — cochichou Barabás.

Boka permanecia no meio do quarto, cabisbaixo. Havia pouco, alguns momentos antes, sentado na beira da cama, mal podia conter o choro, e agora verificava, com espanto, que as lágrimas não lhe chegavam aos olhos. Não sabia chorar. Olhou em redor, com a sensação de um vazio imenso. Viu os meninos encolhidos no canto e Weiss à frente deles com o diploma de honra que Nemecsek não mais pôde ver.

Olhou-os:

— Vão para casa.

Coitados! Quase sentiram alegria por poderem sair daquele pequeno quarto, onde o seu amiguinho jazia morto. Esgueiraram-se, um após outro, do quarto à cozinha, da cozinha ao quintal cheio de sol. Propositadamente, Leszik ficou por último. Depois da saída de todos, aproximou-se da cama nas pontas dos pés e, silenciosamente, apanhou o livro dos autos. Deitou um olhar sobre a cama e o capitãozinho calado.

Depois, saiu também atrás dos outros, reunidos no quintal cheio de sol, em cujas árvores anêmicas passarinhos chilreavam, pardaizinhos alegres, vivos. Olhavam para os passarinhos, para o quintal, sem compreender. Sabiam que o seu amiguinho tinha morrido, mas não entendiam aquilo, e entreolhavam-se como pessoas espantadas ante algo muito estranho, muito incompreensível, que nunca viram.

Ao cair do sol Boka se enfiou pela rua. Deveria estudar, porque o dia seguinte era difícil, com uma lição de latim muito grande. Fazia muito tempo que não era interrogado; o Sr. Professor Rácz o chamaria na certa. Mas não tinha vontade de estudar. Empurrou para um lado o livro e o dicionário, e saiu de casa.

Errou pelas ruas sem rumo. Evitava a rua Paulo e os arredores, aflito com a ideia de rever o *grund* num dia tão triste.

Mas, fosse por onde fosse, tudo lhe lembrava Nemecsek.

A avenida de Üllö...

Foi por ali que passara com ele e Csónakos, quando da primeira exploração do Jardim Botânico.

A rua Köztelek...

Lembrava-se de como certa vez, ao meio-dia, ao saírem do colégio, tinham parado no meio daquela rua ouvindo Nemecsek que lhes contara, com toda a gravidade, como os Pásztor lhes haviam confiscado as bolas na véspera, no Parque do Museu. Depois Csónakos fora à janela da fábrica de fumo e retirara pó de fumo para cheirar. Como tinham espirrado ambos!

Os arredores do Museu...

De lá também voltou. Quanto mais procurava evitar o *grund*, tanto mais uma funda tristeza o arrastava para lá. Resolveu, afinal, ir ao *grund* sem rodeios, direitinho, corajosamente, e logo sentiu como que um alívio. Estugou o passo para chegar mais depressa.

Quanto mais se aproximava do seu império, tanto maior era a tranquilidade que lhe enchia o coração. Na rua Maria teve disso uma sensação tão nítida que se pôs a correr. Quando, no crepúsculo cada vez mais escuro, chegou à esquina e dali enxergou a cerca cinzenta, tão sua conhecida, parou com o coração palpitando fortemente. Não tinha mais motivo para correr: chegara. Dirigiu-se a passos vagarosos para o *grund*, cujo portão estava aberto. Encostado à cerca, Iano fumava o seu cachimbo. Ao avistar Boka acenou-lhe com um riso largo:

— A gente venceu eles.

Boka respondeu com um sorriso triste. Mas Iano entusiasmava-se:

— Venceu! Enxotou... Jogou fora...

— Sim — disse baixinho o general.

Depois parou em frente do Eslovaco e, após leve pausa, perguntou-lhe:

— Você sabe, Iano, o que houve?

— O que foi?

— Morreu o Nemecsek.

O Eslovaco arregalou os olhos e retirou o cachimbo da boca:

— Qual é mesmo o Nemecsek?

— O lourinho.

— Sei — disse o Eslovaco, repondo o cachimbo na boca. — Coitado!

Boka entrou. Aquele grande pedaço de terra da cidade, que já assistira a tantas horas alegres, dormia... Percorreu-o, e chegou à trincheira. No parapeito viam-se ainda os vestígios da luta. A areia estava cheia de rastos. O parapeito ruíra em vários trechos quando os meninos saíram da trincheira para o ataque.

As pilhas estavam lá, escuras, negras, com as fortalezas no alto, os flancos cheios de areia, a pólvora dos meninos.

O general sentou-se no parapeito e descansou o queixo nas mãos. Em redor, o *grund*, silencioso. A chaminezinha de ferro estava arrefecida, aguardando que pela madrugada mãos ágeis a aquecessem de novo. A serra descansava também, assim como a casinha situada entre os sarmentos da vinha selvagem, cheios de botões. De longe, como um sonho, vinha o barulho da cidade. Passavam carros; gente gritava; da janela de trás de uma das casas vizinhas, onde a luz já estava acesa, e que devia ser de uma cozinha, vinha um canto alegre. Uma empregadinha, sem dúvida.

Boka levantou-se e dirigiu-se ao barracão. Parou no lugar onde Nemecsek derrubara Chico Áts, como outrora Davi a Golias. Curvou-se e procurou no chão os rastos queridos que haviam de desaparecer deste mundo. O chão estava remexido, mas não se viam rastos. Se os houvesse, ele reconheceria decerto o vestígio do pezinho de Nemecsek, tão pequeno que os camisas-vermelhas haviam ficado espantados ao encontrá-lo no chão, entre as ruínas da ilha: rasto menor que o de Wendauer. Fora naquele dia memorável...

Retomou o passeio suspirando. Foi ao forte nº 3, onde o lourinho vira pela primeira vez Chico Áts, que do alto lhe gritara: "Não tenha medo, Nemecsek!".

O general estava cansado. Os acontecimentos do dia tinham-lhe esgotado corpo e alma. Cambaleava como se houvesse bebido um vinho forte. A custo subiu ao forte nº 2 e lá se escondeu. Lá ninguém o veria, ninguém o perturbaria, podia evocar as lembranças queridas, até chorar à vontade, se fosse capaz de chorar.

A brisa trouxe-lhe vozes. Olhou para baixo e viu duas silhuetazinhas à porta do barracão. Não as distinguia na escuridão, e apurou os ouvidos para ver se as reconhecia, se eram do grupo.

Eram dois meninos a conversar baixinho.

– Olhe, Barabás – disse um deles –, aqui estamos no próprio lugar onde o pobre Nemecsek salvou o império.

Calou-se. Ao cabo de um instante retomou:

– Olhe, Barabás, vamos fazer as pazes aqui, mas para sempre; não tem sentido ficarmos zangados.

– Está certo – disse Barabás comovido. – Eu também quero fazer as pazes. Foi para isso que viemos.

Houve outra pausa. Contemplavam-se mudos, cada um esperando que o outro começasse. Por fim Kolnay disse:

– Dê-me a mão.

Barabás estendeu-a:

– Tome.

Apertaram as mãos. Permaneceram um minuto assim; depois, sem uma palavra, abraçaram-se.

Até isto aconteceu. Um verdadeiro milagre! Boka observava-os do alto da fortaleza, mas não revelou a sua presença. Desejava ficar sozinho; e, por outro lado, de que servia perturbá-los?

Então os dois homenzinhos se dirigiram para a rua Paulo, conversando. Barabás disse:

— Para amanhã há uma lição de latim muito grande.

— Sim — confirmou Kolnay.

— O seu caso é fácil — disse Barabás suspirando —, você foi interrogado ontem. Eu já não sou interrogado há muito tempo; agora será a minha vez.

— Preste atenção — advertiu Kolnay. — No capítulo 2º há um pulo da linha dez para a linha 23. Anotou isso no livro?

— Não.

— Como? Então quer aprender até o que não foi dado? Irei à sua casa e marcarei a lição no seu livro.

— Está certo.

Estes dois já pensavam na aula. Esqueciam bem depressa. Nemecsek morrera, mas nem por isso deixavam de viver o Sr. Professor Rácz, a lição de latim e, sobretudo, eles dois.

Desapareceram na escuridão da noite. Boka, por fim, ficou sozinho. Mas não encontrava tranquilidade no forte. Por outro lado, já era tarde. Da igreja do bairro José chegava manso um repique de sino.

Desceu do forte e parou diante do barracão. Iano voltava

do portão da rua Paulo, em companhia de Heitor, que vinha cheirando o chão e abanando o rabo. Esperou-o.

— Então? — disse o Eslovaco. — Patrãozinho não ir pra casa?

— Vou já, sim — respondeu Boka.

— Em casa bom jantar quente.

— Bom jantar quente — repetiu Boka, à toa.

E lembrou-se de que na rua Rákos, na cozinha da casa pobre, dois homenzinhos — o alfaiate e a mulher — sentavam-se também à mesa. No quarto velas ardiam. Numa cadeira o lindo paletó marrom do Sr. Csetneky, com as duas filas de botões.

Ao sair olhou distraidamente para o interior do barracão. Encostados à parede viu uns instrumentos estranhos. Um disco vermelho e branco de folha de flandres, semelhante àqueles que os guardas da estrada de ferro seguram pelo cabo quando o expresso passa na frente da guarita; um tripé encimado por um tubo de latão; umas estacas pintadas de branco...

— Que é isso? — perguntou ele.

Iano olhou:

— Isso? É do Sr. Arquiteto.

— Que Sr. Arquiteto?

— Sr. Arquiteto Construtor.

Boka sentiu um aperto no coração.

— Construtor? Que é que ele vem fazer aqui?

Iano soltou uma baforada do cachimbo:

— Vão fazer construção.

— Aqui?

— Sim, senhor. Segunda-feira vem muito operário... cava *grund*... faz adega, alicerce.

— O quê? — gritou Boka. — Vão levantar um edifício?

— Edifício, sim senhor — disse o Eslovaco, indiferente. — Edifício de três andares... dono do *grund* manda fazer...

Entrou no barracão.

A terra girava aos olhos de Boka. Desta vez as lágrimas brotaram. Estugou o passo, foi correndo ao portão, fugindo daquele pedaço de terra infiel que eles haviam defendido com tamanho sofrimento, tamanho heroísmo, e que ia deixá-los para carregar um imóvel nas costas para sempre.

Do portão voltou-se mais uma vez, como quem abandona de vez a pátria. Para a grande dor que, a essa ideia, lhe apertava o coração, só encontrava uma consolação bem fraca. Coitado do Nemecsek! Se não vivera bastante para receber a delegação da Sociedade do Betume pedindo perdão, pelo menos também não vira arrancarem lhe a pátria pela qual morrera.

No dia seguinte, toda a turma esperava num silêncio solene o Sr. Professor Rácz, que subiu à cátedra a passos lentos e graves, comunicou a morte de Ernesto Nemecsek, e convocou os alunos da turma a se reunirem no dia seguinte na rua Rákos trajados de preto, ou, pelo menos, de roupas escuras. Boka fitava com gravidade a própria carteira, e na sua alma de menino pela primeira vez vislumbrou uma vaga ideia do que é, afinal, a vida, da qual todos somos os soldados e os servidores, ora tristes, ora alegres.

UMA QUESTÃO DE HONRA

Nelson Ascher

Durante o século XX, educadores e psicólogos, pedagogos e outros pensadores procuraram entender como, quando e onde se formava a personalidade das crianças e dos jovens, o que moldava seu caráter. Seriam os pais? A escola? Os livros, o cinema, a televisão, a internet? As hipóteses que não remetiam a características geneticamente herdadas tinham, em geral, uma coisa em comum: elas sempre enfatizavam a importância dos adultos.

E, então, lá pela recente virada do milênio, alguns observadores começaram a chegar a conclusões diferentes. Talvez, sugeriram eles, as crianças se formem, se conformem ou se deformem menos sob a influência de pais e mestres, de escritores e atores, do que de seus próprios pares, isto é, dos outros meninos e meninas, rapazes e moças com os quais convivem.

Redescobriu-se, assim, a roda. Pois, para quem tenha lido quando jovem e, de preferência, relido mais tarde, *Os meninos da rua Paulo*, de Ferenc Molnár, a constatação não tem nada de original. Afinal, este clássico da literatura juvenil, escrito há mais de cem anos num país distante, a Hungria, lembra-nos de uma verdade tão central quanto óbvia: que, nas horas e situações decisivas de suas vidas, os jovens querem mesmo é estar uns com os outros. São os amigos e adversários que ocupam suas mentes e darão e/ou receberão de cada qual as ideias e os exemplos positivos ou negativos. É entre eles que se firmam os vínculos mais vitais e se trocam as emoções mais profundas.

O livro, como o fazem as mais antigas epopeias, desde a *Ilíada* de Homero (composta na Grécia há quase 3 mil anos), narra uma campanha militar, uma guerra por um pedaço de chão. Dois grupos de adolescentes urbanos (eles são todos meninos e têm cerca de catorze anos), confinados numa metrópole que cresce rapidamente e lhes dá cada vez menos espaço para se divertirem, resolvem disputar um terreno baldio no qual, além de brincarem de caubóis e índios, costumam jogar pela (um jogo primitivo de tênis). Se a conflagração é o pano de fundo, o verdadeiro tema do romance é o das relações complexas que, em situações difíceis e independentemente de sua idade, homens estabelecem entre si. A disciplina militar e as tensões que dela decorrem, a lealdade e a traição, o heroísmo e a covardia, a rivalidade, a inveja e a nobreza: todos esses elementos são tratados na obra com a mesma seriedade com que seriam abordados num livro para adultos.

Quanto aos adultos, eles se distinguem por sua ausência. Eles e seu mundo são irrelevantes para os personagens, que habitam seu próprio universo paralelo e autônomo, um pouco idealizado sem dúvida, mas, em traços gerais, idêntico ao de seus pais e professores. O mundo dos garotos existe por si mesmo, redondo e praticamente fechado. E, enquanto a ação se desenrola, ele não é menos complexo, rico e nuançado do que qualquer outro. A cabeça de um menino, como o autor nos demonstra, comporta todo o drama e comédia, toda a alegria e dor, toda a satisfação e frustração da vida madura.

Ferenc Molnár (seu nome corresponde a "Francisco" e

seu sobrenome quer dizer "moleiro") nasceu em 1878, filho de judeus de classe média (seu pai era um médico famoso), na Hungria, quando esta pertencia, como sócia minoritária, ao Império Austro-Húngaro. A língua de sua terra natal, o húngaro (ou magiar), é um idioma estranho e isolado de quase todos os outros falados na Europa. A sensação de solidão dos húngaros, cercados por alemães, eslavos etc., levou-os a cultuar sua língua como um tesouro secreto. A segunda metade do século XIX, uma época de reformas intensas no país, foi também quando a sociedade de lá principiou a aceitar e integrar seus judeus. Uma das condições prévias para tal integração consistia na adoção de nomes magiares, e é por isso que o escritor, cujo verdadeiro nome era Ferenc Neumann, transformou-se em Molnár.

Embora se lançasse aos vinte anos de idade com contos e romances, ele conquistou a fama graças a suas peças de teatro. Naqueles dias, nos quais o cinema mal acabara de ser inventado, o teatro ocupava literalmente o centro do palco, especialmente no Império Austro-Húngaro. Os dramaturgos de então podiam aspirar a celebridade e fortuna dos cineastas atuais. O renome de Molnár logo transpôs os limites de sua pátria, de modo que, já nos anos 1920, suas peças eram encenadas com sucesso na Alemanha, França, Inglaterra e nos Estados Unidos. Seu drama mais famoso, *Liliom* (1909), foi filmado, em 1934, por Fritz Lang (o diretor de *M — O vampiro de Düsseldorf*), com Charles Boyer no papel principal. Outras obras suas também chegaram e continuam chegando às telas de cinema.

Na Hungria, porém, seu livro mais estimado — e lido —

é precisamente *Os meninos da rua Paulo*, que, desde a primeira publicação, em 1907, não cessou de fascinar gerações de conterrâneos e, uma vez traduzido, tornou-se um best-seller internacional, merecendo diversas filmagens.

O romance se ambienta em Budapeste, na metade ou no final da década de 1880, ou seja, quando a cidade, enquanto tal, era nova. Buda, do lado ocidental do rio Danúbio, havia sido a antiga capital do reino medieval da Hungria; Pest, na margem oposta, não passava de um pequeno povoado. Ambas foram unidas em 1849, quando se inaugurou a primeira grande ponte suspensa sobre o rio. Esse mesmo ano marcou a derrota da insurreição húngara contra a coroa austríaca. O patriotismo, que sobreviveu a essa frustrada luta pela independência nacional, mostra-se em muito do que os personagens fazem, na maneira como se comportam e nos sentimentos que abrigam. De seus lemas às cores de suas bandeiras, há muitos detalhes que evocam as batalhas épicas de 1848-9.

O romantismo que permeia o espírito marcial do livro, seu apego a questões de honra, o respeito que inimigos (que se combatem mas não se desprezam) sentem uns pelos outros, a aceitação de uma hierarquia justificada pelo mérito, o apego ao valor e à coragem, estes fatores só podem ser entendidos à luz de um século XIX que ainda não experimentara os horrores da guerra total com os quais o continente se familiarizaria a partir de 1914. O imaginário dos garotos combatentes está, ademais, impregnado das leituras de histórias do Novo Mundo, como as do americano James Fenimore Cooper, autor de *O último dos moicanos* (1826). Daí as referências a fortes e *tomahawks* (machadinhas). E convém não esquecer os ecos bíblicos que o escritor traz com seu legado judaico. Há, no Antigo Testamento, não poucos casos de personagens que, apesar de serem os mais jovens e aparentemente frágeis, demonstram seu heroísmo.

Como o tradutor Paulo Rónai observa em suas notas, surgem no texto vários lapsos acidentais ou propositais que apontam para a possibilidade de que a história tenha sido inspirada em acontecimentos reais e de que o próprio Molnár pertencesse ao grupo dos meninos da rua Paulo. Se for este o caso, ele (como, aliás, seus personagens) é membro não somente de uma geração, como também de um grupo que teve a oportunidade infeliz de assistir pessoalmente ao fim dos tempos quando os conflitos eram limitados por regras de etiqueta e noções de honra. Molnár cobriu durante um ano, como correspondente de guerra, a conflagração de 1914-8, na qual é provável que a maioria daqueles que, na adolescência, haviam lutado por um terreno baldio da capital, tenha morrido em trincheiras lamacentas ou apodrecido, mutilados, em campos de prisioneiros.

Depois disso, nada mais foi igual para um intelectual judeu na Europa do entreguerras. A ascensão do nazismo e o recrudescimento do antissemitismo em sua terra levaram o autor a abandonar o continente quando este ingressava em seu período mais sombrio. Em 1939, ele se mudou para os Estados Unidos e morreu, em Nova York, em 1952.

É nesse ponto tenebroso da história moderna que convergem as trajetórias do romancista e de seu tradutor. Como Molnár, se bem que uma geração mais novo, Paulo Rónai (1907-92) nasceu em Budapeste e era judeu. A Hungria de sua juventude era um lugar muito diferente daquele retratado no romance, uma vez que se tratava de um país que amargara uma desastrosa derrota militar, perdera boa parte de seu território e fora reduzido à crise e à pobreza. Rónai trabalhou nos anos 1930 como professor de latim e tradutor dos clássicos. Especialista em literatura francesa (com tese sobre Balzac, na Sorbonne), ele fazia também a ponte entre a literatura de seu país e a da França. Seu interesse pelas demais línguas neolatinas levou-o finalmente ao português e, quando, em 1939, eclodia a Segunda Guerra Mundial, Rónai publicou em húngaro uma antologia da moderna poesia brasileira.

Foi o que lhe salvou a vida, pois, quando já se encontrava prestes a ser enviado a um campo de trabalhos forçados, obteve o visto que lhe permitiu vir para o Brasil. Chegando aqui, em 1941, ele voltou a dar aulas de latim, fez crítica literária (esteve entre os primeiros a reconhecer a grandeza de Carlos Drummond de Andrade, João Guimarães Rosa e outros), traduziu e/ou coordenou a tradução de grandes obras da literatura ocidental e tentou, sem sucesso, resgatar sua noiva, que ficou em Budapeste, da morte certa.

Seu primeiro e maior amigo brasileiro foi o lexicógrafo Aurélio Buarque de Holanda, com quem organizou, entre outros trabalhos, os dez volumes de sua maravilhosa antologia do conto universal: *Mar de histórias* (1986). E, não obstante o desinteresse de nossos concidadãos por literaturas consideradas menores ou exóticas, Rónai fez também o que pôde para traduzir e divulgar seus compatriotas entre nós. Uma de suas belas realizações foi a *Antologia do conto húngaro* (1957), que tem um surpreendente prefácio do autor de *Grande ser-*

tão: veredas. Seu principal sucesso nessa área, contudo, continua sendo a versão brasileira de *Os meninos da rua Paulo*, que, desde sua publicação, em 1952, esgotou uma edição depois da outra.

Isso se deve parcialmente ao fato de que tanto a trama como os personagens não estão indissociavelmente ligados a uma época ou lugar. Com pequenas alterações, a guerra do terreno baldio poderia ter ocorrido, digamos, nos anos 1960, em Londres ou Moscou, em Chicago ou São Paulo. O talento inato do autor (que era, sobretudo, um dramaturgo) possibilitou-lhe compor uma narrativa na qual os personagens, como se estivessem no teatro, dizem claramente o que têm a dizer, e na qual a própria ambientação é tão sumária que seus detalhes relevantes poderiam ser facilmente levados ao palco. Deve-se, todavia, acrescentar a esses fatores um outro, não tão visível. Paulo Rónai, um húngaro que, no seu canto da Europa Central, aprendeu o português sozinho com o auxílio de gramáticas e dicionários, transformou-se, afinal, num autêntico estilista de nossa língua e, ao traduzir *Os meninos da rua Paulo*, presenteou-nos com uma obra que poderia ter sido escrita em português: no seu português.

A LIÇÃO DO *GRUND*

Michel Laub

Muita coisa importante aconteceu no mundo em 1986. No México, Diego Maradona fez o gol mais bonito da história das Copas. Na União Soviética, o reator nuclear de Tchernóbil causou um desastre ambiental sem precedentes. No Brasil, o Plano Cruzado inaugurou uma série de fracassos na tentativa de controlar a inflação no país. Mas o evento mais significativo daquele ano, ao menos para mim, considerando o futuro que então começou a se desenhar e que mais ou menos define o que sou hoje, talvez tenha sido o tribunal simulado que a professora de português da minha classe, em Porto Alegre, organizou para julgar o personagem Geréb, de *Os meninos da rua Paulo*.

Eu tinha treze anos e não costumava ler os livros pedidos em aula. Achava-os enfadonhos, me impacientava com as fichas de leitura necessárias para acertar questões de interpretação de texto em provas, então era mais fácil decorar resumos ou colar as respostas de algum colega. Só li *Os meninos da rua Paulo* porque fui escalado pela professora — o nome dela era Suzana — para formar a dupla de acusadores no tribunal, um papel que não parecia difícil: não faltam no romance de Ferenc Molnár passagens que provam a traição de Geréb. Na página 77, ele conspira com os camisas-vermelhas. Na 107, tenta subornar Eslovaco para favorecer o inimigo. Usando uma gravata do meu pai, li esses trechos no julgamento com entonação e pausas dramáticas, o que nem seria necessário para esmagar as chances do time de coitados que se prestou a fazer a defesa. Cada tentativa deles de ponderar sobre misericórdia e compaixão era esmagada por mais uma cena em que o judas do *grund* mostrava a própria sordidez para Boka, para Chico Áts, para quem tinha o prazer de condená-lo no Brasil quase um século depois.

Há muitas teorias sobre as razões que levam alguém a virar leitor. Fala-se que o estímulo dos pais é fundamental, assim como o suporte material e um ambiente emocionalmente saudável, e tudo é verdade até certo ponto. Mas há algo de misterioso no fato de que duas crianças mais ou menos da mesma idade e criadas na mesma casa e do mesmo modo podem tomar rumos tão diversos nessa área específica de interesse. Aconteceu comigo: minha vida acabou toda pautada pelos livros, e não apenas porque virei escritor depois de adulto, ao contrário do que ocorreu com o meu irmão. Em algum ponto o estímulo (que era comum aos dois na infância) tocou em algo que estava presente em mim (talvez algum tipo de vocação) e me fez vencer as dificuldades para adquirir um hábito que não traz um prazer imediato como, por exemplo, jogar futebol ou ver televisão, ao menos para quem tem seis ou sete anos e ainda pena para formar sentidos ao juntar palavras e frases.

Se é difícil especular as razões desse gosto, reconstituir alguns pontos luminosos do percurso — os livros que conseguiram prender nossa atenção, que formaram nosso repertório de afetos literários, o que em geral está longe dos programas obrigatórios das escolas — é uma tarefa mais objetiva. Os gibis da Disney foram as primeiras histórias que pude acompanhar sozinho, chegando a interpretações que não eram as de um adulto que lia para mim. As revistas de terror da editora Vecchi me apresentaram o medo e a angústia em versão impressa. Os textos da Coleção Vaga-lume foram os primeiros apreciados sem o auxílio (ou com auxílio pouco central) de ilustrações que direcionavam a imaginação. Os romances de mistério de Marcos Rey e Lúcia Machado de Almeida me fizeram ter curiosidade por Agatha Christie, que me fez ter curiosidade por *O nome da rosa* (Umberto Eco), que abriu portas até então desconhecidas para o que antigamente era chamado de alta cultura. Cada autor que amei em alguma época — de Rubem Fonseca a Thomas Bernhard — revelou algo que eu não compreendia ou não tinha experimentado antes, na esfera dos temas, da linguagem, da construção dos personagens, da forma como quem escreve desnuda sua personalidade e visão de mundo para o leitor.

Nesse panorama, *Os meninos da rua Paulo* teve uma importância central na minha formação. É o livro que mais marcou a transição entre as leituras da infância/adolescência e o que veio depois, unindo prazer e reflexão em sua maneira de condensar numa trama simples, num microcosmo de personagens reconhecíveis em seu temperamento, desejos, atos e contradições, a complexidade que encontramos na idade adulta. Em apenas 251 páginas temos a glória, o fracasso, a coragem, a covardia, a alegria de viver o instante e a sabedoria de ver as coisas como elas realmente são.

Também graças à tradução de Paulo Rónai, a sedução de Ferenc Molnár começa pelo sabor do texto. Palavras como "toros", "abrunho" e "alfarroba"; passagens sobre o "rom-rom pacato" de uma fábrica de fumo e gotas que caem "pesadas sobre as folhas gordas"; a "casinha estranha" que é coberta por "vinha selvagem" durante o verão, o "magote de meninos" que cerca o "homem do torrone" e sua machadinha: o universo aqui descrito é sempre generoso e convidativo. Não é só uma questão de vocabulário: a forma como o autor dita o ritmo de sua prosa, a eficiência com que maneja a expectativa gerada por uma descoberta (página 76), ou intercala uma cena de perseguição e a contemplação de uma paisagem (página 83), também é um cortejo para um leitor ainda pouco experiente, a demonstração de que caracteres, palavras, frases e parágrafos dispostos numa página podem ser tão estimulantes quanto os convites do mundo lá fora.

Em seu ótimo ensaio sobre aspectos históricos de *Os meninos da rua Paulo*, Nelson Ascher diz que o conceito de honra que permeia o livro só pode ser entendido à luz de "um século XIX que ainda não experimentara os horrores da guerra total", algo que o século XX sepultaria em massacres e pesadelos totalitários. Sim, existe um toque romântico — ou inocente — na etiqueta usada entre inimigos como Boka e Áts, ou no apego a simbologias como a de uma bandeira esfarrapada, o que aproxima a trama do universo etário no qual ela em geral é apreciada. Mas há um ponto em que a superfície obsoleta dos valores descritos por Molnár se rompe e chega-se a um fundo atemporal e universal: a natureza da amizade, da sensação de pertencimento. É em nome disso que torcemos pelo sucesso da tática adotada na batalha, que nos espantamos com a injustiça praticada pela Sociedade do Betume, que sofremos a morte de um herói improvável e ao mesmo tempo tão arquetípico.

A empatia por Nemecsek, o "lourinho", o "macaquinho", o filho querido de um alfaiate e de uma dona de casa que serve chocolate quente aos meninos do *grund* antes de eles se despedirem de seu soldado mais leal, costuma ser a memória mais forte que se guarda de *Os meninos da rua Paulo*. Não é um registro desprezível: tal grau de envolvimento, e a par de escorregões sentimentais pouco aceitos na ficção adulta moderna, não é tão comum assim na biografia de um leitor. Ter podido experimentá-lo aos treze anos enriqueceu meu repertório literário com um parâmetro de intensidade que usei durante os trinta anos seguintes — na comparação com outros personagens trágicos, com outros finais infelizes, com outros objetos de nosso amor criados na mágica de um texto de ficção.

Como também é comum, no entanto, a sucessão de acasos objetivos — como eu ter sido escolhido pela professora Suzana para o julgamento — se une aos acasos difusos que fazem um romance mudar ao longo do tempo, segundo os critérios sempre atualizados da memória. Ou segundo as releituras que todos os grandes livros merecem: a primeira impressão que tive de Nemecsek, uma provável projeção da imagem pura e destemida que tinha de mim mesmo em 1986, em 2016 virou uma tristeza mais geral, referente à passagem do tempo, ao que quisemos ser e não fomos, a todo um mundo — a infância — que acabou e que aos treze anos eu não conseguia ainda lamentar.

Já as certezas contra Geréb foram substituídas por uma compreensão um pouco menos passional sobre a natureza do erro, sobre como também estamos sujeitos à ambição, à inveja, e sobre como se pode fazer mal aos outros achando que estamos fazendo algum bem maior. Reler *Os meninos da rua Paulo* hoje é me espantar de como eu podia estar tão convicto da culpa do réu na época em que o acusei, já que o livro deixa muito claro que ele se arrepende do que fez — na cena em que pede perdão aos companheiros, na atitude exemplar durante o conflito bélico que o redime.

Em um romance tão marcado pela morte e a desolação, a última cristalizada no destino final do *grund*, o "pedaço de terra infiel" defendido com tanto sofrimento e que agora iria "carregar um imóvel nas costas para sempre", esta não deixa de ser uma lição otimista. Uma narrativa de segunda chance, ou de formação, como se diz no vocabulário crítico — não só para Geréb mas, de forma um tanto enviesada, para todos os personagens que entram na vida adulta deixando para trás uma história dolorosa, mas necessária para o amadurecimento.

A definição mais comum para clássico é a de um livro que resiste à prova das gerações. *Os meninos da rua Paulo* coleciona notas máximas nos cem anos desde o seu lançamento, mas aqui vale um teste particular: no diálogo que tenho com o romance há três décadas, sigo aprendendo como aprendi em 1986. Isso vai muito além de um reconhecimento intelectual. Se todo escritor é um leitor de si mesmo, no sentido de que em suas páginas só entra aquilo que ele aprova de acordo com um repertório adquirido em centenas ou milhares de outros textos, ter escolhido essa profissão e viver segundo os parâmetros dela também se deve aos autores que me ajudaram a encontrar um modelo e um caminho. Ferenc Molnár é um deles, sem dúvida. Só tenho a agradecer a sorte de tê-lo conhecido na época certa.

GLOSSÁRIO

À PORFIA: continuamente.
ABECAR: pegar pela gola.
ABRUNHO: espécie de ameixa.
ÁDVENA: forasteiro, estrangeiro, de fora.
ALFARROBA: fruto da alfarrobeira que consiste em uma vagem de polpa doce e nutritiva.
ALFERES: subtenente.
AMOLGAR: dar forma
APEAR: descer
ARMARINHO: loja de miudezas e, geralmente, de utensílios para a costura.
ARROSTADO: encarado, enfrentado.
AVINHADA: embriagada, alcoolizada.
AZÁFAMA: confusão, atividade intensa.
BARAFUNDA: desordem, situação sem controle.
BARRETE: chapéu de pano que se ajusta à cabeça.
BELICOSO: guerreiro.
BUXO: espécie de arbustos.
CARRADA: grande quantidade.
CASMURRO: fechado, mal-humorado, obstinado.
CÔDEA: crosta ou casca.
COSER-SE: colar-se.
CRESTADO: queimado, bronzeado.
DE CHOFRE: de súbito, de repente.
DE GATINHAS: com as mãos e os joelhos no chão.

DE RASTOS: arrastar-se.

DEBULHADORA: máquina para retirar os grãos das espigas e/ou as cascas dos grãos.

EMBARGAR: bloquear.

ENCARNIÇADO: feroz, sanguinário.

ENCERADO: lona para guardar materiais.

ENGOLFAR-SE: penetrar, dirigir-se, encaminhar-se.

ENSARILHAR: abaixar as armas, pô-las em descanso.

ESFAIMADO: faminto.

ESPADAÚDO: de ombros largos.

ESTAMPILHA: pequena estampa, selo.

ESTENOGRAFIA: técnica semelhante à taquigrafia que, usando abreviações padronizadas, permite escrever mais rápido.

ESTREPITOSO: barulhento.

ESTUGAR: apressar, acelerar.

EXORTAÇÃO: estímulo, encorajamento.

FAZENDA: tecido.

FEZ: chapéu em formato de cone.

FIACRE: antiga carruagem de aluguel, geralmente puxada por um só cavalo.

FLORIM: moeda húngara da época que se dividia em cem *krajcár*.

FOLGUEDO: festa, folia, brincadeira.

FRONTE: testa ou face.

GRETAR: rachar, abrir fenda.

HECATOMBE: massacre ou grande sacrifício.

INCONTINENTE: sem demora.

ÍNTERIM: intervalo de tempo.

INTERSTÍCIO: fenda, espaço, intervalo.

JANOTA: elegante, chique, bem-vestido.

LESTO: que se move com rapidez, ágil.

LUFA-LUFA: pressa.

MAGOTE: bando.

OBSTADO: impedido.

OGIVA: figura geométrica formada pelo cruzamento de duas curvas que se encontram e formam um ângulo agudo na parte superior.

PACHORRENTA: tranquila, vagarosa.

PASSA-PIOLHO: corte de barba que vai de uma orelha a outra, passando sob o queixo.

PELA: espécie de bola utilizada num jogo — de mesmo nome — que lembra o tênis. Pronuncia-se *péla*.

PERFÍDIA: traição.

PERJURO: pessoa que não cumpre o juramento.

PIPAROTE: peteleco.

RAPÉ: pó feito com tabaco torrado e moído para cheirar, cujo prazer consistia em provocar espirros.

RENDER: fazer a troca da guarda.

RENHIDA: muito disputada, violenta.

ROJAR: rastejar, arrastar-se.

SARABANDA: tipo de dança, movimento incessante.

SARMENTO: ramo de videira.

SÉQUITO: comitiva, grupo que segue alguém.

SOBRAÇAR: carregar debaixo do braço.

SOBRECENHO: o conjunto das sobrancelhas.

SOSLAIO: olhar de viés, de lado, obliquamente.

TIRITAR: tremer (de frio, medo ou febre).

TONITRUANTE: muito ruidoso, com estrondo, como trovão.

TRATANTICE: trapaça, blefe.

TRIGUEIRO: bronzeado, moreno.

USURÁRIO: quem empresta dinheiro a juros abusivos.

VERBERAR: censurar, repreender.

VETERANO: ex-soldado; quem foi soldado por muito tempo.

AP Photo / Glow Images

SOBRE O AUTOR

Ferenc Molnár nasceu em 1878, em Budapeste, na Hungria. Dramaturgo, escritor e jornalista, trabalhou como correspondente durante a Primeira Guerra Mundial. Sua vasta obra, que inclui peças de teatro, contos e romances voltados tanto para o público adulto quanto para o infantojuvenil, é conhecida por retratar a vida cotidiana das ruas da Hungria. Entre suas publicações mais conhecidas estão a peça *Liliom* (1909), adaptada para o cinema por Fritz Lang em 1933, e *Os meninos da rua Paulo*, levado às telas três vezes: em 1929, num filme mudo de Béla Balogh; em 1969, como *Essa rua é nossa*, de Zóltan Fábri; e em 2003, num filme de Maurizio Zaccaro para a TV italiana. Molnár morreu aos 74 anos, nos Estados Unidos, para onde emigrou fugindo da perseguição aos judeus húngaros durante a Segunda Guerra Mundial.

1ª edição [2017] 16 reimpressões

ESTA OBRA FOI COMPOSTA PELA SPRESS EM INES LIGHT E IMPRESSA
EM OFSETE PELA LIS GRÁFICA SOBRE PAPEL PÓLEN DA SUZANO S.A.
PARA A EDITORA SCHWARCZ EM JANEIRO DE 2026

FSC
www.fsc.org
MISTO
Papel | Apoiando o manejo florestal responsável
FSC® C112738

A marca FSC® é a garantia de que a madeira utilizada na fabricação do papel deste livro provém de florestas que foram gerenciadas de maneira ambientalmente correta, socialmente justa e economicamente viável, além de outras fontes de origem controlada.